***Adrien Bobèche** écrit depuis toujours... Il a reçu tout d'abord un prix qui, du fait de son jeune âge (il avait 14 ans !), dut être déclaré « diplôme d'honneur ». Il devient romancier avec* La Fille de la meunière, *qui est alors salué par Jean Giono lui-même, et reçoit pour* Au vent des brandes *le prix des Écrivains enseignants francophones.*

Le Destin de Lirette

DU MÊME AUTEUR

La Fille de la meunière, roman, éditions De Borée.

Au vent des Brandes, roman, éditions Hatier, prix Plume Ouverte des Écrivains enseignants francophones.

Mes boîtes de géraniums, poèmes, éditions Le Vagabond.

Berry, lieux et mythologies, éditions Privat.

Poèmes du Père Malotru, éditions Saint-Germain-des-Prés.

Les Fables d'Adrien, à lire sur internet :
http://membres.lycos.fr/adrienbobeche

Diffusion : De Borée
53 rue Fernand-Forest 63540 Romagnat
Achevé d'imprimer en France en janvier 2005
Dépot légal : janvier 2005
ISBN : 2-84494-284-9

ADRIEN BOBÈCHE

LE DESTIN DE LIRETTE

De Borée

I

En pays perdu

LE VENT DU PETIT PRINTEMPS est tout abruti de bruine et de champignons vénéneux. Il déboule entre les bois et le village. Il recroqueville et arrache les dernières feuilles des chênes où sont encore mêlés les cheveux gris de son grand-père, le vent d'automne.

Les feuilles, elles, roulent un peu avant d'aller jouer au bateau sur les ornières qu'on dirait emplies d'une coulée de plomb encore fumante.

Aux pentes des talus les grandes herbes jaunies percent la mousse qui bave le surplus d'eau des averses de la veille.

Le grand vent un peu fiévreux qui s'époumone là-haut dans les nids de margots tombe par bouffées tiédissantes sur la « traîne[1] » au sol trituré, mâché, chiqué par les charretées du fumier dont le paysan du Bas-Berry doit abreuver ses mauvaises jachères pour y semer du blé roux et du seigle de pauvre gens, en mélange. En « méteil ».

« Foutu printemps, y'n'veut donc pas se faire, c't'année ? »

Le compagnon du tour de France crache son mégot froid à demi mangé, en assurant son sac à outils d'un coup d'épaule.

Habilement, il fait glisser dessous son baluchon qui, petit à petit, a dérapé, du bout de son bâton jusqu'à lui toucher l'épaule.

Il s'essuie la pluie sur les yeux, tortillant le jus des mèches du front, bouclées d'ordinaire et d'un roux plutôt blond, mais aujourd'hui plus raides que des balais et comme lustrées à la gomina des perruquiers-coiffeurs.

Les cils durcis piquent les paupières, mais, à travers, il voit à une vingtaine d'enjambées, en contrebas, le chemin tourner derrière le cimetière bossu, tout piqueté de croix.

---

1. Traîne : chemin très large, non empierré, menant aux champs ou aux bois, en Bas-Berry.

À part deux ou trois qui sont encore noires de goudron, les autres ne montrent guère que les plus durs filets de chêne entre les nids pleins de sciure des tarins, qui ont dévoré le bois dans le sens du fil avec leurs petites dents, qui sont aussi les mandibules invisibles du temps qui passe, du Temps, grand laveur de mémoire et oublieur de savoir, du Temps « qui fait et use les hommes », comme disait la Mère tenant la Maison des compagnons, à Argenton.

« Peut-être les mêmes vers que ceux du dessous dans les cercueils ? !… Bon Dieu m'en voilà des idées ! Foutu pays ! Ils ne logent pas tous au cimetière quand même ? Où qu'ils ont donc terré leurs maison ? »

Comme en réponse, derrière une plante de châtaigniers en coupe-vent au flanc d'un coteau voisin, il aperçoit les toits où les ciseaux de la pluie découpent des voiles de fumée courte au ras des cheminées.

« N'est pas si petit, ce pays », se dit-il, étonné, en cherchant à couper au plus court à travers les ronciers colorés qui baignent les pieds de châtaigniers, « il y a même une église ! »

« Foutu chemin ! »

Le voilà dans les vignes, sur le coteau, en train d'égoutter les fils de fer en les enjambant sur le côté, de son grand ciseau de jambes nerveuses.

« Et du moderne ! les vignes sont sur fil de fer ; belle étendue ! Il y a sûrement un tonnelier dans ce pays et peut-être de l'embauche pour moi… »

Son pantalon de velours le gêne à l'intérieur des cuisses.

Il est trempé par les rameaux de vigne où les feuilles commencent à venir.

Indécis, jambes écartées, l'homme se repère sur le sentier installé entre les vignes et le bourg et qui joue à la cachette avec des bosquets de prunelliers.

« Pour moi c'est par là ! Tiens voilà du monde. On va demander. »

« Hé, l'homme ! »

L'homme, pas très jeune, a viré lentement ses épaules épaisses écroulées sur un bâton en noisetier rouge, tout frais coupé, qu'il coince sous son aisselle.

À présent il a l'œil et l'oreille dans le coulis du vent, épiant le voyageur sous sa casquette où le sourcil brun semble gêner la navigation de ses petits yeux porcins.

« Salut. Pour ton service ? »

Trois grandes enjambées ont rapproché le compagnon.

« Bonjour. Dis-donc, le pays là, c'est comment qu'il s'appelle ?

– Ici, c'est Le Magny.

– C'est une paroisse : il y a une église !

– Mieux. C'est une commune.

– Je suis un compagnon… Tonnelier.

– Ah !

– J'ai quasiment terminé mon tour de France. Je suis de Chabris.

– Ah !

– Chabris tu connais, au nord par rapport à ici. Pour y aller, là, au Magny, je suis t'y sur le bon chemin ?

– Oui ben… Par là c'est Chassignoles.

– En ce cas c'est par là.

– Oui ben.

– Vous y allez ? On y va ensemble ? Y'a une auberge ? Peut-être même un tonnelier ?

– Oui c'est vrai qu'il y a tout ça. »

Et le vieux, à force de peu parler et de tout dire à demi-mot, a forcé le compagnon, pourtant bon causeur, à le suivre sans plus un mot.

Chacun s'est renfermé dans ses pensées.

Le ciel fait voir trois doigts de soleil que salue un brin de vent égoutteur de jeune feuillée et semeur d'herbe tendre.

D'ailleurs, de marcher l'un derrière l'autre, ça endort.

II

Causer un brin, en vidant son verre

« BOIRE UN COUP ?...

– C'est pas de refus, j'ai du temps. C'est par là, indique le vieux...

– Je montre le chemin. »

Ce n'est qu'après une troisième tournée de rouge qu'il a roulé sa chique dans son mouchoir. Pour mieux causer il s'est lissé les lèvres où déborde la moustache à la gauloise qui, tout à l'heure, était cachée par les revers du paletot.

« Si le malheur n'était pas sur eux, ils auraient besoin d'un compagnon.

– Qui donc ?

– Les Thiaulin, au bas du bourg… Tu ne risques guère d'essayer ; si près de chez toi, tu n'y resteras guère, car c'est sûr que ça ne va pas tarder à aller mal pour lui, le Thiaulin… Tu peux les dépanner, et si ça t'arrange… pour te faire un peu d'argent avant de rentrer chez toi…

– Pour sûr que ça m'arrangerait. C'est qu'il est malade le tonnelier ?

– Si tu veux… c'est un peu ça. Ce qu'il a, c'est qu'il arrive bientôt à la quarantaine.

– C'est pas une maladie !

– Chez les Thiaulin c'en est une. C'est aux alentours de cet âge-là qu'ils se sont tous ou pendus ou noyés… Tant et si bien qu'on n'a jamais entendu dire qu'ils dépassaient la quarantaine… et le Thiaulin court sur ses trente-sept… Il n'y échappera pas, c'est dans le sang.

– Ils se mettent à boire ?

– Pas forcément. C'est dans le sang je te dis. Quand ils ont tout pour être heureux et que l'argent leur arrive sans peine, qu'ils n'ont qu'à se baisser, ou même pas : ils n'ont qu'à dire à leurs compagnons de le ramasser pour eux… C'est à ce moment là que ça les prend.

– Des affaires d'amour ?

– Ils sont coureurs, oui-sûr ; celui-là en ce moment couchaille avec une jeunesse qu'il aurait pu quasiment élever pourtant, puisqu'elle avait été d'abord servante chez sa mère à lui, et ça depuis l'âge de douze ans, mais c'est pas ça qui les pousse… C'est dans le sang.

– La religion ?

– Ils sont francs-maçons ; même que, à ce qu'il paraît… Verse donc un coup et pousse la porte de la cuisine : la Rose est toujours à écouter ce qui se dit dans la salle… Même que je te disais, à ce qu'on dit, si jeune, à moins de trente ans, le grand-père était déjà bien placé dans votre église sans clocher. Mais… sais-tu les signes, au moins ? Ça se dit qu'ils ne reçoivent que les compagnons qui en sont…

– J'en suis.

– Comment que t'en es : t'en manges ou t'en dévores ?

– Sûr, que j'en dévore…

– Eh ben moi pas, mon "dévorant". N'empêche que ça t'aidera chez ces gens-là. Mon gars qu'est parti comme charpentier il en est aussi ; c'est utile qu'il dit.

– C'est utile, t'as raison le vieux ; mets-moi donc sur le chemin et tu reviendras là finir la bouteille.

– Si je peux te rendre service… Mais, je te dis : n'y reste pas trop ! Tout marche trop bien ; ça ne durera pas plus que pour les autres : par moment, je lui trouve un drôle d'air au Thiaulin. Il n'peut pas y échapper, c'est des manigances, venues d'un envoûteur, qui viennent de loin, du fond du temps des temps, et qui ont été mises là par un jeteu' de sorts qui était plus fort que toi et moi, et puis… et puis…

C'est des choses dont vaut mieux n'pas trop parler… », qu'il dit en effaçant, de sa manche de chemise, le chemin creux où s'enfonce le compagnon, sous une voûte de noisetiers.

*

* *

III

En haut du raidillon

« TOPE LÀ », a dit le Thiaulin en tendant sa main où les ampoules des trente-six outils des faiseurs de tonneaux ont laissé des marques et des durillons qui disent mieux qu'un diplôme tout le savoir-faire du maître artisan.

Et Simon le compagnon a écrasé dessus sa main toute pareille, puis Thiaulin ajoute :

« Voilà : tu laisseras ton logement à l'auberge du Postillon. Tu leur dis que j'irai payer ta dépense. Tu logeras chez la mère Mélanie, dans un endroit tout près du village qu'on appelle la Métairie Neuve. Sa fille, la Lirette, qui est une gentille jeunette, c'est chasse gardée, m'as-tu compris ?

– Sûr, not'maître.

– En ce moment, elle me boude ; on s'est un peu fâchés quoi. Tu sais c'que c'est : dans les amourettes, c'est monnaie courante…

– Sûr, not'maître.

– C'est pour venir comme servante chez moi. Elle dit que ça la gêne à cause de ma femme.

– C'est un bon signe de caractère.

– Sûr… sûr… Mais c'est diablement gênant.

– Sûr, not'maître.

– Botte d'Oignons, l'autre compagnon, va te conduire ; c'est à une petite demi-heure d'ici. Vous y serez vite… traînez pas ; le soleil est en train de nous chauffer une autre averse ; c'est la règle en cette saison. »

L'un à côté de l'autre, le bâton assuré, ils avancent d'un bon pas en cherchant l'ombre courte des arbres étêtés dans les haies de clôture qu'on nomme ici des « bouchures ». Le chemin bien ferré de galets de rivière est resté tout frais écorché de la dernière giboulée. Ils s'attardent avant la grande campagne, à rallumer leurs mégots de cigarettes dans la fraîcheur relative d'un pignon de grange. « Ça c'est un début d'été plus qu'un printemps :

pour un coup de chaleur, c'est un coup de chaleur ! »

Ils le pensent si fort, tous les deux, qu'ils ne savent même pas lequel des deux a pu le prononcer. Mais c'est le vieux qui ajoute :

« Un temps à faire pousser la vigne et les luzernes… »

Au-dessus d'eux, les pigeons flâneurs de l'après-midi, sur les tuiles faîtières… Ils pensent en bleu, rose et blanc le ciel qu'ils vont découper dès que son épaisseur chaude se sera liquéfiée dans le soir vite venu de cette saison au poil mal séché. Ils roulent leurs yeux transparents au sommet des cous roucoulants. Leurs becs gratteurs s'insinuent entre les tuyaux des plumes, cherchant la démangeaison, au pied du duvet, sur la peau étoilée.

Ils savent la nouvelle.

Ils se le disent en ricanant, gorge renversée : c'est Simon « le dévorant »… Il s'en vient prendre logis chez la Lirette, la jeunesse de son patron, qui va l'héberger. Coupeux – dit aussi « Botte d'Oignons » –, qui l'accompagne, c'est celui qui éponge son crâne rose avec ses mains lépreuses.

Elles sont mangées par le tan de chêne et de châtaignier, cette salope de poudre rousse qui sort du bois sec, ce jus de tabagie qui suinte des douelles comme une vermine qu'on ne pourrait pas détruire.

« Et plus tu te laves, plus ça te pique.

– Moi ça ne me l'a jamais fait…

– Je sais que ça dépend des gens. »

Et le soleil qui leur fouille le gosier ! Et dire qu'il faut encore grimper la côte ! Sûr qu'en haut la vieille Mélanie, la vieille gredine, leur donnera bien un petit coup à boire. Pas qu'elle soit trop donnante, c'est sûr !… mais ça ne se marchande pas, surtout à des tonneliers, ou alors ça porterait quasiment malheur !

Les tuiles de la métairie guillerette qui s'approche dansent au bruit de leur sang au fond des yeux.

La tuile dilate des pores granuleux et pompe la chaleur avec une odeur de terre saine ; elle jaunit à fond ses plaques de mousse aux entonnoirs verdis.

Des entonnoirs ?

Tu ne trouves pas que ce sont des entonnoirs ?

Des entonnoirs pour quoi ? Pour les puces d'oiseaux, pour leurs besoins.

Eh ! toi le finaud qui fais le fier, qu'est-ce que tu en sais ? Les puces de nid, les as-tu vues ? au fond des pigeonniers, sous la gouttière, entre paille et crotte humide, dans un noir où elles sont blanches, crois-tu qu'elles cherchent à sortir ?

« On serait bien à l'ombre, s'éponge Botte d'Oignons. Des idées folles me viennent, comme d'être dans une cave.

– Pour sûr, dans un caveau même ! Ça me change d'hier ! La rincée que j'ai reçue... Quand j'y songe, c'est solide une bête humaine ! »

Et Simon pense aux puces de pigeon ; elles sont bien, elles ; elles aiment le chaud humide des bêtes et elles ne sortent que par accident avec les pigeons qu'elles n'ont pu lâcher à temps.

Le chaud brûlant elles ne l'aiment pas non plus. On le voit bien quand on nettoie les cages logées à l'abri des rebords des toits ; elles explosent comme des graines de pois de senteur ; les tuiles chauffées à blanc leur amollissent les jarrets, mais elles font pourtant des bonds à enjamber le ciel.

« On serait bien au frais, à boire. On est bien dedans quand ça chauffe comme ça dehors. »

C'est Botte d'Oignons qui songe comme une puce : il est pour le chaud-humide celui-là.

Simon sourit et son cœur saute un grand coup quand il imagine celles qui tombent d'une secouée de bec et rebondissent, jarrets tendus. Et le pigeon un moment tranquille, à quoi rêve-t-il ? Au grain un peu germé, sucré, laissé par la batteuse au pied des épis épars, près de la meule de paille, ou à celui trop lourd qu'il faisait choir dans les champs violets, l'été, en courbant de la patte et du bec la paille roussie sous l'épi plein d'aiguilles de feu.

Le pigeon alors gigote et salive, le bec plein de douceur comme dans le contact de la becquée.

Après un grand silence bienfaisant, ils en viennent à parler de pigeons. Botte d'Oignons lui dit qu'il en élève dans son grenier et que pour lui aussi, ne penser à rien, c'est penser aux pigeons en essayant de penser juste ce qu'ils pensent avec leur yeux pleins de ciel, dans leurs longues planées. Il ajoute :

« Nous voilà arrivés.

– C'est pas trop tôt, je crois bien que j'allais en perdre la raison.

– Ce qui a failli nous tuer, c'est le soleil sur ces murs et ces tuiles, en montant le raidillon, en haut près des étables… en plein sur nous, quasiment d'aplomb ! J'ai comme des points dans les yeux et des sauts de puces dans les oreilles.

– Pardi moi aussi !

– Allons donc voir si ta logeuse va pas nous payer un coup à boire.

– Attends, parle moins fort… C'est la petite là ? demande Simon.

– Où donc ? Qui donc ?

– Au puits… C'est la jeunesse de not'maître ?

– Tu as vu juste…

– Elle a l'air comme je les aime.

– Si je peux te conseiller, garde-toi bien d'en approcher : t'es pas assez riche, et même si la gamine se laissait faire, sa vieille fouine de mère aurait tôt fait de te débusquer. Mais d'abord c'est des conneries de parler de ça quand on a soif.

– Moi je trouve pas ! D'avoir trop chaud et de sentir la fatigue, ça me fait comme aux chevaux qui labourent trop longtemps... tu vois ce que je veux dire... une troisième jambe !

– Sacré cochon ! Moi j'ai seulement soif, pardi, tout juste comme les vieux chevaux. »

Et de passer à l'ombre d'un buisson de noisetiers les pousse à la gaieté.

Et que je te frappe dans le dos pour te calmer l'envie de rire. Et que je te claque les épaules tellement la blague était bonne... Mais leur rire se brise devant la vieille mère qui sort de terre devant eux, comme sorcière entre deux pierres d'un seuil ruiné.

« Voilà deux compagnons, ben gais, ben bais ! fait-elle en grimaçant un sourire.

– Tiens donc, c'est la mère Mélanie qui va t'héberger.

– Je connais bien vot'maître.

– Faudra s'entendre sur le prix de pension...

– Ça n'sera pas le plus difficile ; on s'entendra toujours... Eh ben venez donc par là, vous allez ben d'abord boire un coup... C'est un temps ça ! »

Et son vieux bras en tissu noir efface l'horizon brûlant. Il essuie d'un coude et d'un poignet luisant les vapeurs qui brouillent les détails.

« C'est un temps ! » répond Simon. Mais il songe : pour boire un coup, je prendrais bien pension à n'importe quel prix.

« Oh Lirette, viens voir ! » appelle la vieille.

Et la fille lâche son seau qu'elle a remonté sur la margelle. Puis elle reprend son souffle d'une belle poitrine tendue, en s'essuyant les mains à son tablier blanc.

Simon la voit venir, avec ses longues jambes blanches, qui naissent à même le bois jaune de ses sabots de travail.

Simon est heureux. Il ne sait pas si c'est de boire ou de voir venir la Lirette. Il a comme dans l'idée qu'il saura se plaire ici. Il sourit sans penser à rien, tout comme elle lui sourit.

Un bourdonnement d'abeille qui visite la maison fraîche vient soudain de remplacer les pensées des deux jeunes gens.

Le vieux et la vieille songent, eux, plus profondément, comme s'ils voyaient derrière les choses présentes les autres choses qui viennent. Tous restent figés un moment avant de reprendre en chœur, au même moment, d'une même voix, la conversation interrompue.

IV

Dépit amoureux

LÀ-HAUT, plus haut que le vieil argent des frênaies qui renaissent à l'été qui s'annonce, est le soleil, habillé d'une cape bleu de rêve en fleur. Il balaie avec tendresse les cotons fumeux tombés de ses cheveux.

Cette laine de layette rebondit sur le chant léger de l'horizon qui, tout vibrant comme une lame de verre, grésille de grenouillades, de grillonnades, de roucoulades avec, en voix basse, le bruit doré des forêts qui s'endorment en couvant leurs bourgeons verts et rouges.

La robe rouge clair de la Lirette a semblé envelopper un échalier qu'on escalade pour quitter le pré. Puis les couleurs ont couru avec des arrêts et des accélérations de papillon dans la traquette des prés qui laissent transpirer des fleurs en mélange : boutons de rosée, poils de fée… douceur amère des pétales de violettes et des cœurs de pâquerettes.

Elle quitte ses sabots en les lançant du bout des pieds, sans se baisser, en décollant ses cuisses. La fraîcheur et le buisson de noisetiers l'entourent soudain et la serrent comme des soldats le font aux filles d'auberge.

Elle s'y laisse porter ; elle rebondit sur eux ; les tiges légères la soutiennent, formant une tonnelle de ramée fraîche ; et son minois bruni où se piquent des « yeux de dindes » de demi-rouquine se heurte aux paquets de fruits encore enveloppés de dentelle verte.

Elle les brise à même la branche, à belle bouche. Sans détacher le bouquet, elle trie de sa languette rose l'amande minuscule et sucrée dans la coquille toute molle, pleine de sève piquante. Maintenant elle y met les mains parce que, si on goûte une noisette sans manger de pain avec, on ne peut plus s'empêcher de grignoter tout ce qu'on atteint sur l'arbuste.

Vite, elle se presse de mettre un fruit en terre avec son talon, de peur d'être changée en écureuil, puisque, comme tu le sais, les deux tout premiers de ces animaux étaient des amoureux qui avaient manqué de faire éteindre l'espèce des noisetiers tellement ils en croquaient, ne vivant que de ces fruits et... d'amour et... d'eau fraîche : évidemment ils attendent qu'ils soient mûrs eux, les « chatécureux », comme les appelle sa vieille mère.

Qu'est-ce qui l'a poussée à venir par là, la Lirette, comme du temps où elle allait à l'école et qu'elle se débarrassait vite des devoirs pour venir se musser dans ce trou de verdure ?

Aujourd'hui ?

Comme en ce temps-là, qui n'est pas loin quand même, puisque elle ne tire guère que sur ses dix-sept ans et qu'elle a quitté l'école à douze.

Elle s'est dépêchée de rincer son linge sur la pierre plate du lavoir pour gigoter à son aise dans la fraîcheur de ce fond de prairie en bord de rivière.

C'est alors qu'une voix d'homme éclate, qui lui met plein d'éclairs dans la chair, tandis que deux grosses mains lui cachent les yeux.

« Souris douce qui grimpe dans le cou. Qui c'est-t-y ?

– Qui a dit ça ? » Elle se redresse et coince un gros doigt qui est rentré dans son corsage. Elle se retourne en tenant encore le gros doigt :

« Tu m'as fait peur. C'est donc toi, Thiaulin ?

– Je chassais par là... les nuisibles : le coucou et le tiercelet ; mais je vois là un joli petit écureuil... Puisque tu es là on va causer ; elles auront du bon temps ces petites bêtes ; fais-moi donc une place sur ta pierre.

– J'ai guère de temps, tu sais, Le Thiaulin… »

Ce qu'elle n'a guère, surtout, c'est envie de lui ; beau garçon pourtant, bien membré, et appétissant ! Mais pardi, quand le goût n'y est pas !

« T'as pas le temps, t'en es sûre, mon perdreau ? Tu veux encore te faire prier ! »

Il lui rappelait toujours avec ses manières entières, sans être carrément grossières cependant, comment leur rencontre avait été manigancée par la vieille mère qui avait amené un jour ce gars dans sa chambre et avait refermé la porte à clef…

« Tu m'aimes donc plus depuis que'qu'temps ? Que tu me rebutes pour la troisième fois de ce mois ?

– Je te défends de me “biger[1]”.

– Et moi si je veux goûter : ça sent les noisettes dans ce petit museau d'écureuil. »

La sentant raidie sous sa grosse patte qu'il voulait caressante, il recule un peu pour s'asseoir sur l'autre pierre qui sert à laver le linge :

« J'sais pas ce que je t'ai fait… Tu n'as encore pas porté le collier que je t'ai rapporté de la fête de Saint-Jean à La Châtre.

– Je t'avais rien demandé !

– C'est un gentil remerciement.

---

1. Biger : embrasser

– Tu étais payé d'avance, non ? C'est des affaires entre toi et la mère. Et si elle voulait le revendre c'est pas moi qui dirais quelque chose contre.

– Oui ? tu en veux encore à ta mère d'avoir aidé un pauvre amoureux qui ne savait pas comment s'y prendre pour te parler ?

– Je lui en veux encore plus qu'à toi.

– Comment que j'aurais fait sans elle pour te demander ce que je voulais obtenir de toi ?

– Comme tu as fait avec ta femme, pas plus.

– Oui, tu regrettes de ne pas avoir sa place.

– Et d'être cocue ! Merci bien, Thiaulin.

– Dis-moi donc Bertrand au lieu de Thiaulin. Je suis encore dans tes âges, tu le sais bien. »

Il s'est rapproché à petits sauts adroits d'oiseau de proie qui guette la musaraigne, de côté.

Il commence à l'endormir de paroles douces comme des mains sous une robe. Puis il veut la courber en arrière ; elle se raidit alors, réveillée, et en se mordant la lèvre elle lui griffe le visage, à deux mains, bien soigneusement, en s'appliquant.

« Saloperie ! »

Il rugit en se relevant au bas du talus. Se redresser lui a donné un élan tel qu'il a manqué de tomber à la rivière et ne s'est rattrapé que de justesse dans les coudriers du bord, au milieu des gargouillis moqueurs qu'y déverse le trop-plein du lavoir, au-dessus.

Elle court vers la maison avec, derrière elle, en éclats, un rire nerveux de pie-grièche.

Lui se lave le visage à la rivière dès que la Lirette a disparu après lui avoir crié :

« La Rosette te pansera bien sûr. Pour un coup elle va rigoler. Tu lui raconteras. (La Rosette c'est sa femme… tu l'as deviné ?)

– Saloperie ! » jure-t-il en se frottant le front pour arrêter le sang avec une poignée de toiles d'araignée qui lui collent les doigts – tu sais, de celles, tendues entre deux herbes, qui capturent tous les bons remèdes parfumés par le vent des prairies.

« Saloperie ! »

Il ne sait pas bien, en lui jetant ce mot, détaché en éclats de cloche brisée, il ne sait pas bien s'il pense à la Lirette ou à sa femme qui, en effet, serait bien capable de se foutre de lui aussi. C'est pourquoi il mêle en une même baratte de rancœur toutes les femelles de sa connaissance et s'en prend même à sa chienne, qui l'a rejoint après avoir lâché son lièvre : elle n'est pas là pour longtemps, avec le coup de pied qu'il lui balance dans les côtes !

Maintenant il s'essouffle à grimper dans les labours, qu'il attaque de travers avec ses brodequins. Les sillons forment des marches boiteuses vers la métairie de la Lirette, dont le parc fruitier vient tendre des branches trop curieuses par-dessus la murette.

Il s'arc-boute au mur, en haut ; pour s'aider, il saisit une jeune tige de poirier greffé de deux ou trois ans seulement, pas plus, et greffé par qui, hein ? Par lui, Thiaulin, le plus bête des enamourés, qui a dépensé plus dans cette ferme que chez lui, et pour quoi, hein ? Pour se voir refusé aujourd'hui ! « Ah, elle ne faisait pas la fière quand ce n'était qu'un guenillon obligé de tourner cent fois autour des bouquets d'ajoncs pour regagner son toit percé et sa paille près des chèvres. Elles lui doivent tout, elle et sa vieille sorcière de mère : c'est pas dur à compter. Et en récompense ? Se faire arracher les yeux : saloperie de femelle du diable. Que le Grand Malin lui busine l'amusoir avec des ajoncs secs ! » Il s'arrête net de respirer sa colère parce qu'il y a un bruit qui souligne curieusement ce qu'il est en train de penser. Il entend :

« Minou-minouchette, Chatte-mine ? Mine ? Viens boire ton lait ma minette. »

« Elle fait plus de cas de sa chatte que de moi, se dit-il, et peut-être plus aussi de ce maraud miauleur de compagnon que j'ai embauché il y a une quinzaine : faudrait peut-être voir ça de près ! Ça expliquerait cet acharnement malin à me refuser... Tiens, je vais rester là. Je les verrai bien entre les branches, au ras du mur... si, des fois... »

Justement Simon traverse la cour. S'arrêtant d'appeler sa chatte, la Lirette lui parle en se dévissant gentiment la taille, tout en sourire.

« Eh ben m'sieur Simon, vous plaisez-vous, là, chez nous ?

– Pour sûr, mademoiselle – il a ôté sa pipe –, mais il ne faudrait pas que je m'y habitue trop bien ; c'est pas chez vous que je dois terminer mon tour de France, et je suis attendu au pays de Chabris. C'est un peu avant la saison des vendanges, dans quatre cinq mois d'ici, que se fait l'embauche dans notre corporation. Et j'aimerais bien, d'ici ce temps-là, être arrivé au pays et y avoir trouvé un patron.

– Vous resterez bien là chez nous tout ce temps ? qu'elle minaude en roulant un genou sur l'autre et en relevant les cheveux.

– Ça ne sera que pour faire un peu d'argent car j'ai grand-envie de m'en revenir chez nous ! »

« Bon, se dit Thiaulin, je l'ai mal jugé. Çui-là a une amourette en tête et sans doute dans son pays. »

Voilà qu'elle recommence à appeler.

« Minou-minouchette, Chatte-mine ? Mine ! Viens boire ton lait, ma minette ! »

Non, ce n'est pas l'arbre qui grince au vent ; ta saleté de bête ! elle est là ! à guetter les oiseaux. Et ses yeux verts coupés net ont l'éclair sauvage et fier que la Lirette avait tout à l'heure au bord du « rio ».

Le cri plaintif de la bête qui voudrait faire comprendre qu'elle rentrerait bien boire le lait si elle n'espérait trouver là un oisillon ou même l'oiseau couveur au sang tout enfiévré...

Ce cri pendille encore aux babines quand le fusil pointé d'instinct recule, effrayé du bruit qu'il vient de faire.

Les griffes éraflent l'écorce. Les groseilliers qui se sont refermés sur le petit corps noir balancent un moment leurs rameaux-couleuvres à ventre blanc.

Thiaulin se dit : « Bon Dieu, qu'est-ce que j'ai fait ! Il ne faut pas qu'elle me voie ! » La honte et la peur se mêlent en lui en une drôle de vinaigrette qui lui pique les gencives et lui blanchit les lèvres.

Il reprend les sillons de biais dans une jeune levée de betteraves fourragères qu'on a commencé de « démarier[1] ». Il y court un pied devant l'autre, dans le creux entre deux rangs.

Il déboule ainsi devant la bouchure de noisetiers avant le pré communal du bord de rivière, il s'y coule comme une sauvagine qui vient de faire un mauvais coup et qui se lèche prudemment le sang sur les babines. Comme Thiaulin le fait pour souffler sur le bassinet du fusil et en chasser l'odeur de l'amorce.

---

1. Démarier : séparer des plants trop proches, pour leur permettre de grossir.

V

Chats et griffures

CHEZ LUI, il a juste avalé une écuelle de soupe.

Maintenant, la nuit est trop chaude.

Son sang trop vif de Thiaulin lui charrie dans les veines toutes les fibres nerveuses de ses ancêtres à tempérament d'écorchés vifs.

La sueur le brûle sur les coups d'ongles de la Lirette, au front. Il a dit à sa femme que c'est un chat sauvage qui l'a griffé dans un creux d'arbre mort – un vieux saule il précise –, où il voulait dénicher des pigeons ramiers.

Il lui a fallu avaler la tisane de bourrache que sa belle-mère défend d'arracher partout où il en veut pousser au jardin. Et il en pousse tant et tant que si on l'écoutait, le terrain retournerait vite à l'état de friche. Ce qui d'habitude l'amuserait plutôt. Aujourd'hui il se dit qu'il va en arracher jusqu'au dernier plant. Surtout que maintenant la vieille l'oblige à se passer sur les plaies de l'eau-de-vie où en ont macéré les racines.

En vérité c'est la lame verte de l'œil du chat qui lui fend le crâne pour y laisser entrer le remord.

Quand il descend à l'atelier le surlendemain, au petit jour, il sursaute un bon coup : leur chatte qui couve des frisures de copeaux dans un coin d'ombre !

« Elle a ramené des petits, explique Botte d'Oignons.

– Faudra me tuer cette vermine », crache le Thiaulin, et il passe son sabot sous la bête raidie pour projeter les chatons à travers l'atelier. Une boule grise roule presque dans le feu que Simon est en train d'allumer pour cintrer les douelles de châtaignier.

« Celui-là je vais le sauver si vous voulez, déclare Simon du ton de quelqu'un qui a déjà pris sa décision.

– La vermine ! tu ferais mieux de le tuer. » Et puis, sentant bien la peine qu'il a dû faire à la Lirette et craignant de faire deviner que c'est lui qui a tiré sur le chat :

« Tu parles si ça me dérange ! Tu peux bien emmener tout le tas.

– Je vous en débarrasserai ; je noierai les autres ce soir en passant au lavoir. J'en garderai un pour la métairie. Justement, le leur, ils n'le retrouvent pas depuis que'qu'jours.

– Débarrasse-moi de ça, c'est tout ce que je te demande. »

VI

« C'est jamais pareil quand on n'y voit pas. »

SOUS PRÉTEXTE D'ENVISAGER des réparations à la « souille » des cochons, Thiaulin a décidé de monter à la métairie, en compagnie de Simon. Les quatre petits chats miaulent continuellement dans un panier qui d'ordinaire sert à porter vendre les volailles au marché. Ils miaulent longuement, en se relayant avec méthode ; puis ensemble, ce qui est plus qu'agaçant.

C'est au moment où ils sont enfin engourdis dans leur odeur de lait et de paille qu'on arrive au lavoir, où Simon soulève le couvercle sur leurs yeux plus pâles, plus infinis, plus innocents que le ciel qui les aveugle.

« Faut choisir, dit Simon.

– C'est à ta convenance, déclare Thiaulin, le petit tigré est bien joli avec son air de sauvage.

– Moi j'aime les noirs avec juste une tache blanche sous le cou.

– T'as raison ; il paraît qu'ils portent bonheur.

– Alors, tenez, je vous passe les autres.

– Tu le feras aussi bien que moi.

– Quand même, not'maître, vous êtes mieux à la main, moi je tiens le petit noir.

– Il y a trop de courant là, regarde : le trop-plein court tant qu'il peut, même le bois noyé arrive à y passer. Ils seront entraînés et se sauveront en s'agrippant aux racines des vergnes.

– Si on avait un sac pour les y mettre, avec une pierre…

– Ce serait mieux : quand on les voit pas, c'est pas pareil.

– C'est jamais pareil quand on n'y voit pas… Comme à la guerre, à ce qu'on en dit : le fusil c'est rien, la baïonnette c'est autre chose, oui…

– J'ai un grand mouchoir… Chez nous c'est une manie chez les femmes de la maison ; elles nous taillent de vraies serviettes.

– S'il ne doit pas vous faire besoin.

– T'inquiète pas ! Vide-les là-dedans en retenant l'autre.

– Sacré veinard, celui-là !

« C'est jamais pareil…

– Passe la pierre là…

– Serrez pas tant, vous allez leur faire du mal.

– Là ! Je fais un nœud… Il y en a des bosses qui bougent là-dedans ! »

Il se redresse, son dos remet en place les muscles trop étirés et il respire gras, à cause du sang à la tête, ce sang de Thiaulin, trop épais. On sait pourquoi : j'en ai déjà parlé ? Et voilà que, comme il balance un peu le paquet miaulard, ses doigts n'arrivent plus à serrer. Il sent de la sueur lui venir entre les doigts et dans la paume, au creux, près du pouce. Un coup d'œil au compagnon : il n'a rien remarqué.

« J'vais monter plus haut ; là où le courant est bien étalé ; commence à grimper de ton côté et attends-moi sur le chemin. Là où nous sommes, ça gâterait l'eau des laveuses. »

Il attend que Simon soit sorti sur le chemin et, là, au lieu de faire ce qu'il a dit, il dépose le sac au creux d'une botte d'iris sauvages en se disant que les chiens ou les chouettes ou les chasseurs… les chasseurs ! Il hausse les épaules avec un dernier regard en se disant : « Si j'avais mon fusil à broches, le nouveau, deux cartouches dans le tas, à bonne distance, ce serait quand même plus facile… »

VII

Un coléreux

LÀ-HAUT on vient juste de finir de tirer le lait des vaches. L'horloge marque les secondes en appuyant son doigt de fer qui recule un peu dans la coche avec un écho, comme le pouls répond aux battements du cœur, et, entre les secondes, on entend d'autres temps plus petits qui les découpent. Ce sont des petits clappements de langue : le chaton à gueule rose, les cils dans le bol, se pique les yeux à la mousse de lait frais.

Les deux hommes remontent à la surface du silence avec la même lenteur que leurs yeux se sont accoutumés à la pénombre aux mains douces.

On voit maintenant que la pendule est un haut de caisse comtoise, accroché sans le pied, comme chez les pauvres. Pourtant il y a un buffet dressoir où trônent une demi-douzaine de mazagrans et trois belles assiettes décorées toutes empâtées de leurs coqs rouges et de leurs bouquets de dahlias.

La trappe de la cave se referme derrière elle, et la Lirette essuie les bords du pichet où les petites rides roses du vin gris dansent des rondes entrecroisées. Elle verse puis les regarde boire cul sec à sa santé et à la leur, et à celle de la vieille mère. Chaque fois elle remplit les verres et se tourne vers le chaton qui recule doucement, l'arrière-train tourné prudemment vers la pénombre du dessous de la huche.

« Il ne se laisse même pas approcher, dit Thiaulin, mais si tu ne finis pas par l'apprivoiser ! le diable m'emporte !

– C'est une bonne idée que vous avez eue, Thiaulin.

– Au vrai, c'est pas moi. »

(Toujours cette crainte de se laisser deviner, pour le coup de fusil à l'autre mistigri.)

« Oui, je lui avais dit qu'on ne retrouvait plus la petite chatte d'ici et alors il a dit qu'c'était facile d'y remédier.

– Pour sûr (il évite de regarder le compagnon), pour sûr, j'ai dit que c'était facile à réparer… de le remplacer que j'ai… puisque justement… à cause de la chatte de chez nous… qu'avait mis bas dans les réserves de bois… et qui nous a rapporté ses petits pour ainsi dire sevrés… Depuis que je me souviens toutes les chattes qu'on a eues s'y prennent comme ça…

– C'est gentil, dit encore la Lirette en versant à boire pour remplir les verres, c'est à croire que vous aviez besoin de m'obliger. »

« Bon, se dit Simon, voilà les amourettes et les agacements de becs de tourtereaux : je suis de trop… et en parlant fort :

« J'vais aller chercher votre jument, elle est bien au pré de la Goutte, comme hier ?

– N'faut pas que ça vous oblige.

– Non pas, ça me promènera, en fumant une pipe à la fraîcheur de l'air.

– Merci quand même. »

Dès que la porte est fermée, Thiaulin repousse son verre.

« Il est ben obligeant, ce gars ; un peu trop même on dirait… D'autres que moi seraient jaloux.

– C'est un bon garçon et il n'est pas tout le temps à chercher des histoires. Et pour nous aider, il sait comment ne pas aller trop loin, lui… Il ne va pas jusqu'à faire ça de manière qu'on soit obligé de lui rendre des services qu'il propose de bon cœur !

– Comme si j'étais comme tu dis... D'ailleurs, j'crois qu'il est un peu amoureux de toi.

– Alors là ! C'est une bonne histoire que tu me dis là ! »

Elle a un rire maigre, presque heureuse qu'elle est, au fond, de l'apprendre, mais au fin fond du ventre, elle serre la peur de le montrer et sa crainte pour deux : pour ce brave Simon et pour elle.

« Les chats, tiens, c'est lui qui a voulu t'en apporter un.

– Ça ne m'étonne pas, toi t'es peut-être bon seulement à les tuer si tu les surprends en chats-harets, à chasser dans les prés ?

– Faut pas dire des choses comme celles-là... La preuve que je ne suis pas le sauvage que tu dis, c'est que je ne lui ai pas défendu de te l'apporter ce petit chat.

– Tu as regretté quoi ? Ou bien c'est le désir de me flatter ? Plutôt, oui. Et la jalousie t'a sorti les paroles du ventre ! J'y ai pensé au chat... C'est pourquoi l'autre soir je l'appelais... parce que je sais de quoi tu es capable... Mais, à moi, tu ne me feras pas peur, même si tu veux me viser comme le chat.

– J'ai pas dit que c'était moi.

– Je t'ai vu !

– Tu ne pouvais pas.

– J'ai entendu tirer et tu étais le seul à chasser par là ! Et un menteur en plus ! Pour les mensonges tu sais en raconter…

– Tais-toi, j'entends le compagnon qui rentre la jument à l'étable.

– Tout ce que tu as pu me raconter comme mensonges ! Comme si c'était le premier !

– J'ai pas fait ce que je t'ai promis ?

– T'as pas été ce que tu disais que tu serais pour moi, loin de là !

– C'est que tu m'avais mal compris… Mais ne crie pas si fort ! Tu vas te faire entendre du gars et nous faire honte… Il ne va pas se gêner de raconter nos histoires aux gens du bourg !

– La honte elle est pour toi, tu peux la prendre toute à ton compte !

– Tu ne veux donc plus de moi… après ce que j'ai fait pour toi.

– C'est justement que tu m'en as trop fait. Tiens, tu n'aurais eu que ta peau et tes outils comme Simon, j'aurais peut-être supporté ton sale caractère.

– Mon sale caractère ! Dis que je suis patient, au contraire, et que j'ai bien du mérite à être si gentil avec toi et ta mère ! »

Il s'est levé : il est grand, le Thiaulin, mais je crois bien que la colère le grandit encore.

« … mais pas plus patient que ça, quand même, et je m'en vais te mater, petite médisante ! »

Et vlan ! une paire de claques au travers des joues ! Si bien réussie que le nez de la Lirette lui saigne un peu quand elle se mouche, en forçant exprès.

Il a déjà gagné la porte tandis qu'elle commence à renifler comme une gamine qui va pleurer.

« Tu entends bien que si demain tu n'es pas à l'heure d'angélus, à m'attendre au bois de châtaigniers, je m'arrangerai, mais je ferai tout vendre ici et je n'aurai de cesse que tu ailles le cul nu à mendier votre pain à toi et à ta vieille. À demain donc ! »

En claquant la porte il se trouve nez à nez avec Simon qui s'efface. Thiaulin passe tête baissée.

« Au revoir patron. »

L'autre se retourne en lançant ses mots à grands coups de tête, comme les ronds d'un fouet :

« C'est-il dans ton pays qu'on t'a appris à écouter aux portes ? Ça ne se fait pas chez nous.

– Mais je vous assure bien que non !

– À partir de ce jourd'hui reste donc écouter là… ou bien va te coller les oreilles aux portes du diable ! Mais je ne veux plus de toi chez moi.

– À vot'bon plaisir ; je passerai demain pour la paye.

– Je n'veux plus de toi chez moi, t'entends ? Ta paye tu l'auras aux quatre chemins du Chêne-Pendu sur les six heures ; le premier arrivé attendra l'autre ;

et je te retiendrai le prix de la pierre à aiguiser que tu m'as cassée la semaine passée. »

Simon, tout pâli, lui a tourné le dos pour écouter la fin ; sans quoi, aurait-il pu se retenir de lui bondir dessus pour lui flanquer la raclée qu'il méritait, ce chien de patron tout rouge de colère !

L'autre est parti en battant les ronces à coup de coudes, par le sentier du pré qui raccourcit le chemin de beaucoup, mais où tout est ensauvagé avec plein de trous d'eau.

Cinq ou six « bouages » des deux pieds dans des pas de bœufs remplis par des sources perdues ont un peu calmé Thiaulin, qui marche sur des bruits de ventouses qu'on décolle.

Quand il a enfin gagné l'atelier mitoyen de ce qu'on appelle la « maison des vieux » – car elle n'est plus habitée : trop basse et insalubre –, il jette des copeaux sous des cercles de tonneaux. Il bat son beau briquet à pétrole et, en contemplant la scène de chasse en laiton joli qu'on y a représentée, les pieds nus dans les écailles de sciure, il regarde sécher ses chaussettes et ses chaussures cloutées.

Il se calme. Il se dit qu'il vaut mieux être patron plutôt qu'ouvrier, et que tout va s'arranger une fois reparti chez lui ce Simon du diable.

Là-haut, la mère Mélanie est apparue soudain comme à son habitude, sans qu'on sache d'où elle pouvait bien sortir. Elle a presque arraché des mains de Simon le torchon mouillé d'eau fraîche qu'il tamponne sur le cou de la Lirette.

« Laissez-moi donc faire ! Ça me concerne mieux que vous et je sais le pansage de secret pour ça ! Tournez-vous parce que je vais faire les signes pour arrêter le sang… ou plutôt, allez donc me quérir deux bouts de bois de coudrier, du bois de l'année surtout ! »

Quand il revient, la vieille a empoigné – comme si de rien n'était – la serpillière sous la pierre d'évier pour éponger par terre ; mais la Lirette, dont le nez ne coule plus, reste plantée au milieu de la pièce, sans bouger, de crainte que ça recommence. Simon pose les brindilles sur la table et, histoire de dire quelque chose, demande :

« Savez-vous s'ils pourront me faire manger à l'auberge, à un prix de pension, pendant une huitaine, le temps que je me retourne ? Je veux me reposer un peu avant de rentrer chez nous ! »

Alors la vieille l'a étonné ; la voilà qui lui dit :

« Restez-donc là, vous mangerez avec nous ; vous n'aurez qu'à vous rendre utile. Ce que vous savez bien faire, je m'en suis aperçue… »

La vieille, à la vérité, craint que les racontars ne passent le pas de la porte et, de plus, elle se demande si ce gars ne serait pas une bonne défense contre le Thiaulin, qui lui fait peur dans ses colères rouges de taureau sanguin.

Le lendemain Simon a travaillé et mangé au milieu des deux femmes tout également silencieuses, aussi bien entre elles qu'avcc lui.

Depuis hier soir, d'ailleurs, dans la maison, chacun se tient muet, comme quand on en est à compter le temps entre les éclairs et les coups de tonnerre pour savoir où en est l'orage de grêle. De cinq à six heures Simon a scié du bois, qu'il prépare assez long pour chauffer la chaudière de la pâtée aux cochons. Il s'est lavé les mains au seau, dehors, tout près de la porte, sur son trépied en châtaignier pas épluché de son écorce devenue toute lisse et brillante. Un moment, en se laissant sécher ses doigts écartés, il songe à son dernier fendage de châtaignier et au beau fût de deux pièces qu'il avait cintré fort comme on le fait dans la région de Bourgogne. Il avait fait ce travail pour un hôtelier de La Châtre qui, pas bête, voulait que son vin de cépage sauvignon trouve un creux pour y déposer sa lie abondante et perde ainsi son goût de pomme, qui ne plaît pas à tous.

Simon avait bien remarqué déjà que le patron, qui n'avait jamais fabriqué que des barriques plates, en avait été jaloux. « C'est peut-être même là le début de tout ce qu'il a contre moi », se dit Simon.

Il finit de s'essuyer tandis que monte déjà l'odeur des pommes de terre à cochons qu'on a cuites, mêlées à des feuilles de betteraves, à des navets et autres plantes fourragères tels les les choux branchus et les carottes vertes. Il prend le bâton appuyé contre le mur et jette vers la pièce sombre d'où montre le bruit de la baratte en terre :

« Mère Mélanie ! Je m'en vais chercher les sous que le Thiaulin me doit.

– Oui ? oui !

– Je ramènerai les vaches en revenant.

– Si vous voulez ! Mais écoutez donc. Allez-y donc par le chemin du dessus où il ne passe jamais : il est tellement coléreux.

– Merci bien du conseil mère Mélanie, mais je comptais plutôt passer par le chemin du bois Boudan : c'est plus mouillé, mais tellement plus court. »

VIII

C'est la guerre ?!

AH ! LA BELLE VOLÉE DE BOIS VERT ! Simon n'a pris ni le chemin du dessus ni celui du dessous, mais il s'est coupé un gourdin de houx au premier taillis qu'il suit sur la lisière, à la limite de la bordure du chemin. Il tombe ainsi dans le dos de Botte d'Oignons qui, surpris jarrets courbés, à se dégourdir ses crampes en s'appuyant sur son bâton, met aussitôt un doigt sur la bouche et souffle :

« Déguerpis de là ! Il te guette et m'a amené pour l'aider à te jouer le branle des écosseurs de haricots : c'est le patron. Vrai, je ne pouvais guère refuser, mais passe dans le taillis et puis longe la bouchure d'épine blanche ; tu grimpes dans la côte des bruyères et tu passes par les vignes ensuite… »

Simon sourit et assujettit son bâton.

« Ah oui ! »

Il lève son arme et tape au sol tout près des pieds de Botte d'Oignons, qui saute en arrière et culbute dans le fossé, devant lequel se nouent des racines prolongées depuis les ormes du taillis voisin.

Le pauvre compagnon s'éclabousse d'injures et d'eau et hurle en se relevant :

« À moi Thiaulin, à moi, je le tiens, on va le tanner ce fumier-là ; venez donc m'aider ! » Et il court sur Simon qui, plus leste, prend le chemin que l'autre vient de lui indiquer. Il se hisse déjà des mains et des pieds dans la côte des bruyères alors que Thiaulin en est toujours à percer la « bouchure » d'aubépine entre le pré et le taillis. Le sentier monte raide et rose, au côté d'une carrière de grès à concasser qu'on appelle « pierre de sable ». C'est d'ailleurs celui qui a servi pour les réparations de la Métairie Neuve.

Dans la vigne au-dessus, Simon s'est mis à l'affût. Il a sucé un raisin vert, dont il ne tarde pas à recracher l'amertume. Près de lui, un tas de fumier sèche ses plaques noires à l'ombre légère de noisetiers et d'osiers à têtes naines : ceux qui servent à faire des paniers. Une fourche est plantée dans le milieu du bosquet d’arbustes, sans doute pour que le manche ne sèche ni ne pourrisse : une belle fourche à deux dents, pas une américaine, non ; une avec le fer bien long et un manche en proportion, comme celles qu’on prend pour porter d’un seul coup quatre à cinq fagots.

Simon n’a pas manqué son coup : le petit tirant et le gros poussant, les deux chercheurs de pouilles viennent d’arriver à portée. La valeur d’une brouettée de fumier s’écroule sur eux, leur glissant dans le cou de menus carrés noirs et leur soufflant au visage la fine fumée de ces moisissures blanches qui naissent entre les couches de « bonne graisse noire », bonne semence toute heureuse de pouvoir s’envoler.

Ils sont à peine revenus de cette attaque qu’une deuxième pelletée les écrase… tout aussi énorme mais plus visqueuse, car enfourchée plus profondément dans le tas. Ce noir moiré les enveloppe d’une grande mante de veuvage.

Et de ce moment-là jusqu’à leur déroulade complète au bas de la pente, c’est un tir serré d’artillerie lourde qui part d’entre les branches de coudriers là-haut, avec des explosions de rire gras comme le fumier, du vrai bon rire, de ventre venu, et qui monte sain et violent au milieu des fumerolles vaporeuses qu’exhale le beau fumier sur ses énormes lèvres satinées comme l'intérieur d'un béret de chasseur.

« Tant pis pour celui qui voulait l'épandre dans la vigne, se dit Simon, et d'ailleurs il ne pouvait pas le mettre d'ici l'autre printemps, car il n'y faut jamais de fumier frais, dans les vignes : ça leur donne des maladies. »

Il sait ça, Simon, depuis tout gosse là-bas à Chabris.

Il songe au pays et à son argent aussi, que Thiaulin ne lui a pas donné, et qui va un peu lui manquer.

Quand ils sortent de l'abri du buisson d'osier noir derrière lequel ils ont fait un brin de toilette au filet d'eau coulant sur les herbes couchées du fossé, le sommet de la côte est calme depuis cinq bonnes minutes déjà.

Ils assujettissent leurs bâtons, puis, au lieu de prendre le sentier trop raide, ils montent au travers de la pente en arrachant aux ronces agressives le cuir de leurs chaussures des petits dimanches et leurs bas de pantalons rayés qui ont été la grande mode une vingtaine d'années auparavant. Ils prennent pour chacun d'eux un fagot de sarment, au passage, à un tas, en guise de bouclier contre la fourche, puis ils s'élancent de front, prudemment, Botte d'Oignons au bord de la pente, son patron sautant les rangs de vignes.

La fourche est fichée au milieu du fumier en plein sur une tache blanche qui paraît bien être du tissu. Le bout du manche en est brisé net.

Thiaulin reconnaît son bonnet de nuit qui avait tant amusé sa Lirette quand, au début, elle s'amusait de tout ; comme de vouloir mettre ce bonnet que portaient encore les vieux dans les maisons mal chauffées. Enragé, il balance la fourche dans une souche où elle vibre longtemps sur son fer fiché en faisant tomber des noisettes. Il faut vous dire que, pour s'amuser, Simon avait, en partant, chipé le bonnet mis à sécher avec d'autres linges sur la haie d'aubépine taillée, en bordure du verger.

Il a pensé, au moment, que la Mélanie aurait un air encore plus mauvais sournois quand elle s'en inquiéterait, en ramassant le linge sec qu'elles entretiennent pour les Thiaulin.

Ils redescendent par le sentier.

Thiaulin tend le poing aux branches des genêts, aux vaches du pré d'au-dessous et à leurs gros yeux bêtes ; il tend le poing à toutes les bonnes femmes du monde, à la sienne entre autres, et à la Lirette en particulier… tandis que le bonnet dépasse de sa poche en secouant son pompon sali.

Devant le lavoir il le jette au plus fort du courant, s'étonnant, après coup, de son adresse.

Ils ont sur eux une violente odeur d'étable et dans les oreilles, l'écho du rire un peu niais du grand Simon dont ils se vengeront, bon Dieu oui… dont ils se vengeront ! plutôt deux fois qu'une !

IX

Tour de grand gosse, et autres jeux

C'EST ARRIVÉ LA NUIT où Thiaulin a eu cette bonne idée de vouloir effrayer la Lirette : il espère bien que, l'esprit embrouillé de diables et de démons, elle se décidera à venir vivre au village avec lui. Il le lui a souvent dit : « Pour les gens tu serais une servante, mais tu ne ferais pas grand-chose. Juste de quoi t'occuper… ce qui te plairait, à ton idée, à ton goût… »

Pour ça il a fait tout ce qu'il fallait ; et il a bien rigolé en lui-même en le préparant, son tour de méchant vieux gamin.

C'est une nuit dont les ombres se sont craque-lées à force de s'empiler les unes sur les autres. Un bruit de bois travaillé par les vers dure depuis les minuit. La Lirette frotte une allumette dans l'espoir de le faire cesser enfin. Elle allume puis éteint le bougeoir.

Plusieurs fois.

Le craquement reprend et elle fait effort pour redresser sa tête lourde de sommeil, mal acceptée par le cou tremblant de nerfs tendus. Elle ouvre de grands yeux sur la nuit fumeuse qui semble naître sur le cadran blanc de la pendule. Elle sent les mille pattes de la peur qui lui remontent les sillons doux, sur les aines ; puis ce sont des petites dents de furet qui lui grignotent les reins.

Un grincement lent, mû à petites poussées, lui indique clairement que le barreau de la cour s'ouvre et se referme.

Elle appelle vers le lit voisin où sa mère dort sans un souffle.

« Maman, n'écoutes-tu pas ? le barreau de la cour !

– Quoi ! tu m'réveilles pour des bêtises !

– Écoute donc ! »

Le grincement reprend juste au milieu du silence et la voix de la vieille couvre la fin en disant d'un souffle, avant de reprendre ses ronflements de soufflet :

« J'entends rien de rien. Si tu as la peur, il faudra aller mettre ton poing dans la gueule de saint Loup à l'église du Magny. Je t'y ai pourtant menée dans le temps ! Laisse-moi dormir. Pauvre “beurdine[1] !”. »

La Lirette s'accoude, presque assise, et quand le bruit reprend dehors, elle se décide à aller voir à la fenêtre : du dos de la main, doucement, elle pousse le contre vent mal fermé. C'est comme un coup de poing sur le front ; puis un coup d'aiguille dans les yeux : deux affreuses figures de revenants, lumineuses de plus, se balancent près du portail. Elles bougent avec un corps et des mains invisibles qui dansent sans doute, au-dessous.

La Lirette tourne ses yeux glacés vers la mère qui, couchée vers la cloison, s'est rendormie. La gorge sèche sans pouvoir faire sortir un mot, comme dans un cauchemar, elle s'appuie au loquet, qui s'ouvre.

Elle considère déjà ça comme un miracle ; puis, appelant dans un souffle, elle tombe en plein sur Simon qui descend l'escalier, attiré lui aussi par les bruits suspects.

Il en a plein les bras de ce corps pantelant.

« Faut pas avoir peur, revenez à vous, retournez chez vous ! »

---

1. Beurdine : personne un peu bête.

Mais le corps reprend de la vigueur ; une vigueur surhumaine pour l'empêcher de descendre.

« Monter chez toi, je veux. Rester avec toi, garde-moi. J'ai trop peur… de ces figures d'enfer ! Elles m'ont brûlée jusque dans la tête. Simon laisse-moi pas ! Ils vont m'emmener, les morts, dans la cour ! »

Et les voilà tous deux dans la chambre de Simon ! Une pièce construite en appentis sous un toit guère pentu au-dessus du cellier, ce qui la place néanmoins deux trois marches plus haut sur le palier.

« Ne regarde pas à la fenêtre, dit la Lirette, reste à côté de moi !

Lui s'est penché et, le temps de visser la crosse au canon, d'un coup de sa canne-fusil, par l'entrebâillement, il a brisé net une figure de flamme ; l'autre dégringole toute seule et on entend un bruit de chaussures ferrées qui se sauvent sur les cailloux du chemin.

– M'est avis que c'est un méchant tour de gamins, ou même peut-être de ce Thiaulin, gronde le compagnon. Je connais ce jeu : on creuse des grosses citrouilles rondes, on y découpe une tête de mort et avec une bougie dedans, ça fait un bel effet, surtout sur le mur d'un cimetière !

Mais la Lirette ne l'écoute même pas.

Pourtant, plus il parle, plus elle se sent rassurée, sans comprendre ce qu'il dit, et plus elle se serre sur lui… qui se sent tout chose et tout plein d'un désir qui se met à lui bouillir dans le ventre comme de la vendange nouvelle.

« Faut redescendre ; vot'mère doit se demander où vous êtes, dit-il encore.

– Non, je veux que tu me gardes là », et elle ouvre prestement le lit avec ses pieds qui battent en ailes d'oiseau.

« Et je reviendrai tous les soirs quand la mère dormira », qu'elle dit, en fermant les yeux. Toute écartée et couverte de sueurs douces.

Le matin, en descendant avant que sa vieille mère soit levée, la Lirette a repris tout son bel aplomb. En embrassant gentiment le bout du nez de Simon, elle lui souffle doux à l'oreille :

« Et dire que c'est peut-être la faute à ce Thiaulin, qui essaierait bien de m'effrayer pour que je parte d'ici et que j'aille servir chez lui ! “Maîtresse servante” comme il dit ! »

Simon aussi s'amuse de l'affaire. Par plaisanterie il a ramassé quelques graines de citrouille qui sont restées collées aux débris du « fantôme ». Il les a mises à sécher sur le manteau de la cheminée.

« Pour la semence prochaine, déclare-t-il, c'est l'espèce appelée cul-de-singe, assez semblable aux deux figures qui les ont apportées là ! »

Il mord dans ces paroles moqueuses, avec son beau sourire tout en dents, à l'abri de ses yeux froids qui ne quittent jamais leur air si bravement décidé. La Lirette a gloussé un rire blanc-jaune, comme les graines de citrouilles, car elle n'est pas franchement gaie. Pas très. Même quand on est heureux, ça ne plaît guère de savoir qu'on y a été poussé…

Par qui ?

Par quoi ?

La mère Mélanie, elle, prétend n'avoir rien vu, rien entendu, même pas le coup de canne-fusil. Mais devant les graines de citrouilles, elle doit bien se rendre à l'évidence.

Elle les a balayées de son plumeau en aile d'oie, comme par mégarde, juste avant midi, ce qui n'a guère trompé la Lirette, qui reste songeuse, le front dur un moment, en regardant sa vieille sorcière de mère jeter du sel au feu en tourniquant une boule de mie de pain entre ses autres doigts, tandis que le menton marmonne des raminagrobis à son fichu de laine noire… Celui qu'elle a travaillé au crochet, l'hiver dernier, quant tout allait si bien, et qui est vraiment la laine d'un mouton noir. De ceux qui naissent bizarrement dans un troupeau de braves blanchots.

X

Des graines à ne pas semer

UNE SEMAINE S'EST PASSÉE et les jours vont en se raccourcissant « à la Saint-Armand d'une dent de jument ». La peur s'est évanouie. Cette peur à visage de femelle des temps barbares, qui a jeté la Lirette dans le lit du domestique et l'y fait prendre ses habitudes calmantes, comme on s'habitue à une tisane du soir. Comme on prend l'habitude de voir s'évanouir les chaudes journées. Sans trop les regretter cependant parce que, par exemple, la nuit est plus agréable avec ses draps frais aux pieds échauffés.

Plusieurs fois, même, à midi, la Lirette a écouté sans broncher sa mère qui fait l'article à Simon pour qu'il ne retarde plus davantage son retour dans son pays de Loire s'il veut s'y trouver pour les vendanges.

La Lirette sourit.

Elle a confiance : Simon a déclaré s'être entêté à ne vouloir partir que si Thiaulin lui paye son dû.

La Lirette a encore souri. Elle qui sait bien ce qui le retient ici…

Pourtant il n'a dit à personne qu'il a jeté au fond du puits le sachet de bonnes pièces d'argent envoyées par le Thiaulin ; Botte d'Oignons, qui venait de les apporter, est resté effaré d'un tel geste, comme s'il s'était trouvé soudain devant la femme-serpent à la foire du pèlerinage de Vaudouan.

C'est que Simon s'est pris pour la Lirette d'un goût si fort, si insurmontable ! Comparable, mais en mieux, aux plaisirs coutumiers, comme de fumer la pipe après déjeuner ou de boire au petit matin une bonne eau-de-vie dure qui ragaillardit pour la journée et tue la morosité de la nuit. Ah oui ! en voilà de bonnes et douces habitudes, surtout la petite goutte du matin ! « Ça tue le ver », qu'il proclame, en reprenant les mots des vieux vignerons. Pour sûr ! Mais il n'y a pas que l'eau-de-vie : la Lirette surtout lui tue ce ver à bois qu'on entend sans savoir où il est ; ce ver qui nous pose des questions sur l'avenir, qui fait son creux et ses sciures dans toutes les cervelles d'hommes et de femmes.

De plus ces habitudes qui embrument la raison lui évitent de penser que, dès le dos tourné au coin de la route de Briantes, il ne sera plus rien pour elle qu'un souvenir séché en bouquet de foin de Saint-Jean, pourtant précieusement gardé tout l'hiver, mais qu'on jette au printemps ; un souvenir un peu aigre-doux, lié à une peur nocturne qui a fait trébucher sur sa chemise de nuit une fille quêtant le soutien d'un homme tandis qu'elle s'accrochait à lui dans les escaliers vers la soupente où elle s'était offerte, la première fois, un peu comme pour dire merci.

L'idée est donc venue à Simon tout naturellement, pour garder la Lirette, de bien l'entretenir dans cette peur.

Maintenant qu'il tient à elle autant de corps que de cœur. Car lui, c'est par une bonne harmonie de ces deux façons d'aimer qu'il s'est toujours senti heureux, et il n'est pas homme à creuser trop longtemps une idée avant de la mettre à exécution : il prétend, devant chaque chose anormale, que Thiaulin en a dû payer un, de ces mauvais sorciers qui savent envoûter.

Par les soins de Simon, qui le raconte à l'auberge, la Métairie se trouve vite ensorcelée de telle manière que tout le bourg s'en tient à l'écart, parce que, pour les gens d'ici, la contagion d'un envoûtement est aussi sûre que la propagation de la peste d'homme ou de bête.

Il fallait bien que ça arrive !

Chez la Toinon, à l'auberge, Simon s'est trouvé en même temps que le Thiaulin, à qui Gusté le Braco demande permission de venir chasser de nuit les renards près de chez lui, à l'appeau qui imite le cri de la renarde. Le maître tonnelier a presque accepté déjà et Gusté, malin et faussement admiratif, le laisse raconter comment, gamin, il a pris un renardeau au collet et s'est fait mordre.

Simon espère bien se faire entendre de tous quand il élève la voix et crie presque de sa table, où il est en train de finir la bouteille avec le tailleur de pierres, qui se donne un peu de temps avant de se mettre à lisser une pierre de granite qu'on lui a commandée pour un caveau du cimetière de La Châtre.

Simon dit qu'il vaut mieux éviter de venir la nuit sur la colline des Ossans parce qu'elle est couverte de revenants meneurs de raffût, comme à chaque pleine lune, du reste, sans compter les « grandes chasses » comme celles dont il ne s'est délivré que par une « chose qu'il a sur lui » et pour laquelle, pendant son tour de France, il a fait un grand détour, qui en valait la peine, afin de se la procurer : c'est à cause de ça qu'il s'en cogne le cul par terre, qu'il s'en fout plus que de ses premières bretelles, lui Simon, de tout ce qui peut se passer de pas normal du côté de la Métairie Neuve, et qui ne saurait l'atteindre. Sûr ! Jamais !

Pour avoir cette chose qui le protège ? Ce qu'il a fait ? Un crochet de douze lieues, et il a donné deux pièces d'or, « mais ça en valait la peine : sans quoi, pauvre de moi… ». Par exemple, justement : il était bien content de l'avoir eue ce jour-là, oui, le jour où il a grêlé sur les bois de Beauregard au point de les effeuiller, et ça, le plus curieux, remarque, en épargnant les vignes aux alentours, justement là où lui, Simon, se trouvait à passer.

Il fait semblant de ne pas remarquer les conversations soudain écourtées, ni les regards fermés tournés vers lui.

Après ce chant de coq déplumé, le tailleur de pierres a tout à fait changé de mine. Son verre enfilé, il prend congé de Simon et du Gusté, qui savent bien quelle mauvaise mouche vient de piquer leur camarade d'auberge.

La peur, la Grand-Peur des « choses » contre lesquelles on ne peut ni donner des poings, ni du bâton, ni du fusil…

C'est bien ce que veut Simon. Mais sait-il bien, au fond, ce qu'ils vont en faire, les gens, dans leurs têtes, de ce qu'il vient de leur jeter en pâture ?

Qui peut savoir ?

Hein ?

XI

Des contes pour ne plus dormir

OUI, CE QU'IL A LE TAILLEUR DE PIERRES ? Tout le monde le sait bien au village et Thiaulin aussi qui, lui, va s'activer sournoisement à en semer d'autres germes.

Mais le tailleur de pierres a été le premier à être contaminé parce que ce gars-là a la peur… en maladie. Est-ce parce que, dans sa jeunesse, une grand-tante un peu folle n'a cessé de lui farcir le crâne d'histoires de loups-garous ? En tout cas, son esprit est un peu dérangé à propos de ces choses-là.

Tout le monde est au courant, au village, et quand Thiaulin a rattrapé ce pauvre gars, il l'entreprend bien soigneusement sur ce sujet tandis qu'ils remontent la côte où l'autre active le cheval qui tire le fardier[1] vers son atelier. Il lui fait encore pire que Simon, en faisant semblant de vouloir retirer l'hameçon qu'on vient de lui piquer dans les chairs.

« Je serais toi, je ne m'arrêterais pas à boire avec celui-là. Il en sait long et peut te faire faire des tours sur une pierre volante si le cœur lui en dit. La preuve c'est que la Mélanie, qu'est une vieille sorcière – faut dire ce qui est –, ne peut rien contre lui. Et il y a longtemps qu'elle voudrait le voir au Diable, qui, pour sûr, doit être son vrai maître d'apprentissage. »

Le tailleur de pierres se signe. Il regarde Thiaulin avec des yeux plus vides et bleus qu'ils ne l'ont jamais été. Il arrête l'attelage et pousse le percheron sous un orme où il l'attache.

Puis le voilà qui dégringole la côte et rentre à l'auberge, décidé à ne charger que le lendemain seulement les dessus de cheminée qu'il voulait aller livrer au château de Beauregard.

Il entreprend de boire jusqu'au matin sans arrêter la lumière, sans se contenter de la lueur du feu. Et les bougies, ça se paye, surtout à l'auberge de la Toinon.

---

1. Fardier : char à roues basses pour le transport de lourdes charges.

Il a même résolu de refuser de livrer une bonne fois pour toutes la pierre tombale qu'on lui a commandée il y a un an passé, bien qu'elle soit presque terminée. Pas tant qu'il se passera ces choses.

Puis maintenant, une semaine après, comme il ne sait plus guère où aller puisqu'il a délaissé son travail, il demeure à journée chez la Toinon pour y raconter les histoires de sa vieille tante.

Il ne se gêne pas pour transplanter hardiment tout ça sur la colline de la Métairie. Simon et la Lirette en sont les héros maléfiques.

Pendant ce temps son percheron engraisse sur le pré communal, et les orties avec leurs racines jaunes commencent de ligoter en terre les brancards du fardier.

Les gens qui connaissent ses habitudes ne s'inquiètent guère. Ils se demandent seulement combien de dizaines de chapelets de jours il va égrainer là, cette fois, et s'il fera mieux qu'il y a deux ans où ça a duré une lunaison entière – c'était celle qui commence après Pâques.

En tout cas, Simon ne tarde pas à s'apercevoir qu'on lui fait grise mine au village ; et, si on n'ose pas le mécontenter ouvertement, on ne se gêne pas pour le rouler si on pense qu'il n'y verra rien. Un jour, même, la Lirette rapporte une curieuse nouvelle du lavoir. Elle en rigole malgré le poids de son panier de linge mouillé qui la fait marcher en se déhanchant : la femme de Thiaulin lui a glissé en cachette une petite bouteille d'eau bénite dans sa poche de tablier. Sans doute pour voir si le contact ne lui brûlera pas la peau comme ça le fait aux sorcières.

Mais il y a quelque chose que la Lirette ne peut guère deviner.

La Thiauline en espère aussi que ça chassera Simon loin de la Lirette, car elle trouve maintenant trop d'exigences nocturnes à son mari depuis qu'il a été sevré de cette fille, comme elle l'a expliqué à Pierrette, sa camarade de communion.

Elle a raison, la pauvre femme : c'est tellement gênant comme elle dit, qu'elle s'en trouve encore enceinte, une troisième fois !

XII

Rites et liberté

C'EST AU CIMETIÈRE. Les conversations sont bien vivantes, elles, au sujet du pauvre mort-né qu'on vient d'enterrer là, avec un curé, mais sans cérémonie.

« Heureusement pour la Thiauline, disent les femmes, car elle n'est guère forte.

– Bien dommage avec tout le bien qu'ils ont au soleil, sans compter ce qui est caché dans le chaudron et les bas de laine : trois enfants ça n'aurait pas été de trop… quoiqu'il est vrai que c'était une fille… »

Ça, c'est après l'enterrement, les hommes qui parlent en ratissant autour des tombes pour que ce soit beau, dans quelques jours, pour la Toussaint.

Ils se sont arrêtés les bras croisés, ou appuyés sur les outils, ou les deux en même temps.

Les femmes, elles, sont un peu à l'écart, là où un buis centenaire met un peu d'ombre quand les éclaircies sont trop longues et qu'on se trouve soudain trop couvert avec la laine d'hiver.

En effet le troisième enfant de Thiaulin est mort deux minutes après sa naissance, et sa petite tombe est à peu près de la taille du berceau de bois dans lequel on l'a laissé pour l'enterrer.

Thiaulin lui a juste façonné un couvercle et – il a toujours eu des idées bizarres –, avec un reste de bois, sur sa lancée, il a fait une croix.

C'est ce qui fait tant jaser les femmes.

Est-ce qu'on a le droit de mettre une croix à un enfant qui n'est même pas baptisé ?

Qui n'a pas vécu, même.

Étouffée tout de suite parce qu'elle était trop grosse.

Comme dit Bastien – et tout le monde en est d'accord –, on devrait faire davantage attention de ne se marier qu'entre gens de même taille et force.

La femme un peu plus forte, à la rigueur… On y veille bien pour les bêtes, bon sang de bonsoir !

Alors, serait-on plus bête et moins méticuleux pour nous que pour elles ?

« Tu ferais mieux d'enlever ta croix, Thiaulin. Moi, en tant que curé, je n'en suis pas offensé, tu vois ; mais ces femmes sont tellement attentives à ce qui se fait ou ne se fait pas…

– Vos conseils, curé, vous pouvez aussi bien vous les garder.

– Tais-toi donc, je ne te dis pas ça en mauvaise part ; ne le prends pas mal, c'est pour éviter les histoires : elles sont capables d'aller se plaindre à La Châtre et même d'écrire à l'évêque. Il y a cette bourgeoise du May dans le lot.

– Je le sais ce que vous craignez, curé, c'est qu'elles se mettent à y réfléchir et qu'elles en viennent à se demander si des fois ce petit ange n'est pas allé dans votre ciel plus sûrement qu'elles ! C'est ça, pas vrai ?

– Oh toi, oh toi… Mécréant ! va ! »

Et le curé, qui a pourtant les idées larges – tu t'en es bien aperçu –, qu'est-ce que tu veux qu'il fasse d'autre que de partir en saluant d'un coup de badine les orties du chemin des prés par-derrière le cimetière, en faisant le simulacre de cracher sur ces plantes semées par le démon, aussi nombreuses, aussi vigoureuses que les mauvaises idées de ces artisans qui ont plus ou moins fait leur tour de

France, mais qui s'en vantent, ce qui leur donne du prestige aux yeux des benêts de village.

Là où les orties sont le plus serrées, près de la barrière, il s'arrête, respire à fond et se sourit à lui-même : à l'endroit où il a fait le geste de cracher, collé presque au sommet d'une tige d'ortie, il y a un autre de ces crachats mousseux comme il en vient souvent sur les plantes qui poussent de trop belle force et que de mystérieux insectes choisissent pour y faire l'amour.

Thiaulin a donc laissé sa croix piquée en terre à la tête du petit tertre carré, qui s'est déjà tassé avec les pluies qu'on a eues à la Noël. Et il n'en a plus jamais entendu parlé.

D'ailleurs, aux Rameaux, il n'a même pas remarqué qu'elle n'y était plus. La mère l'a bien vu, elle, mais elle n'a rien dit et a déposé à terre, à l'endroit présumé, le petit morceau de buis qu'elle a détaché tout à l'heure exprès pour ça, dès que son gros bouquet a été béni à l'église.

« N'en mets pas de trop au cimetière, lui a recommandé Thiaulin, il va falloir en accrocher des brins à toutes les barrières et entrées de champs… Et tâcher de ne pas oublier ni les vignes ni la basse-cour, parce qu'on a bien besoin d'un peu de chance, de ce temps. »

XIII

Rendez-vous d'aujourd'hui… et du temps passé

C'EST SUR LA PLAQUE DE ROCHES PLATES, dont les micas brillent comme de l'or en paillettes, à l'ombre bleutée des genêts et des bruyères. À mi-côte au pied des bois, là où les arbres sont moins serrés et où la Mélanie tricote en gardant sa chèvre, celle qu'elle a conservée de cette époque où elle était si misérable. Tout le monde te le dira : fille mère et déjà âgée – trop pour vraiment plaire aux hommes. La vie n'était pas facile !

« Je viens pour vous faire savoir qu'il m'a dit de vous dire de venir causer avec Thiaulin au lavoir, sous la bosselle d'épine blanche où qu'on met blanchir les draps et sécher le linge.

– Là où qu'on cache les battoirs et les "bachots" ?

– Vous avez bien entendu la Mélanie... c'est ben comme j'vous l'dis... »

L'idiot a repris sa chansonnette en relevant le bas de son pantalon sur ses pieds nus tout « griffaillés » de ronces.

« Marmotte, marmotte qui va, frappe à la porte... Mon sou ?

– Tiens ! v'la ton sou, pauvr'ébervigé[1], écervelé...

– Que le Bon Dieu vous bénisse mère Mélanie.

– Oui, mon "dordet[1]" ; mais n'va pas conter ça à la Métairie, surtout pas à ma fille, ni au Simon... encore moins !

– Boule de feu, boule de fer, c'est juré, mère Mélanie ; si je mentis j'va en enfer. J'vais voir vot'fille mais je n'y dirai rien...

– Quoi que tu lui veux, alors ?

– Six œufs à biber[2]... Et ça me fait rappeler une autre commission... de moi celle-là : une bouteille pour oublier de trop causer...

---

1. Ébervigé, dordet : simple d'esprit.

2. Biber : gober (du latin bibere).

– Vieux finaud… à revoir donc. Tu lui diras que tu viens de ma part et que je suis d'accord, pour la bouteille… Et pour les œufs, tu les auras aussi.

– Que le bon Dieu vous bénisse… »

Padou disparaît dans la vieille carrière où sa bosse se tortille un moment, pleine de force souple ; ce qui fait penser à la vieille combien le père de Padou, un carrier tailleur de meules à affûter, a été doux avec elle, dans le temps, quand ils étaient jeunes, quand il posait sa massette et son burin un moment… On n'aurait jamais pu croire qu'une telle grosse patte pouvait se montrer si douce quand tous deux se couchaient à même la plaque de pierre, entre les trois ronds laissés là où il avait taillé ses meules là-haut, ou bien quand ils allaient dans sa cabane, à l'abri des regards…

Elle en est toute attendrie la Mélanie…

Mais ce n'est guère qu'un éclair de souvenirs : un sourire de riche sur une misère du passé.

Elle se dit : « Si j'avais su tout ce que je n'sais pas encore », et comme dans le dicton : « Si j'avais déjà eu vu péter le loup sur la pierre en bois… J'aurais plutôt préféré ce mal tourné du moulin, quitte à retrouver le carrier de temps en temps, même en hiver, dans sa cabane couverte en fagots de genêts ; dont on retournait en rigolant le lit de fougères avant, pour voir si, des fois, des serpents… Enfin, c'est du passé ! »

Le vent bouffe sur elle, avec de grosses joues de nuages bien gras, honteux de voir une vieille penser à de pareilles sornettes. Il fait, le vent : « Peuf peuf… tu n'as pas honte mère Mélanie ! »

Elle se relève en déplissant sa robe noire qui a collé aux herbes d'un côté, et un peu à ses cuisses maigres aussi de l'autre. Elle se dit qu'un temps doux comme celui-là, juste après une semaine d'averses et alors qu'on est de nouveau presque en automne, c'est sûrement pas normal ! Mais qu'avec toutes ces histoires de sorcellerie c'est pas étonnant à la fin du compte.

Les ramiers roucoulent et roulent des noix argentines au creux de leur gorge. Le vent chaud comme une mousse d'été laisse fleurir au ras du sol ses rayons pétales sur tiges élastiques. Ils montent lui caresser les cuisses au-dessus des bas en filet de laine. Quelques papillons jaunes fleurissent aux pointes des genêts – comme au printemps.

« Qu'est-ce qu'il me veut, le Thiaulin, que je n'ai plus revu depuis presque un an ? », se dit la Mélanie en balançant au bras son grand panier plat, en osier blanc, moins blanc, pour sûr, que le drap bourré de la lingerie qu'elle y a tassée.

Elle n'arrive pas à être inquiète.

La faute à ce temps mûrisseur, sucré comme une pomme reinette à cœur déjà gelé où le sucre se concentre en une croquante granulette ? Ou bien la faute à ce grand vaurien de Simon, qui répand une odeur de confiance en soi, une force de mâle, de tabac, de sueur : une odeur d'homme à bonheur, sur qui on peut toujours compter ?

Ce qui ne doit pas empêcher d'écouter ce brave Thiaulin, de prendre les sous qu'il va sans doute offrir et de lui faire toutes les promesses. Décidément, est-ce à cause du vent ? Elle se sent maligne au point d'en faire accroire aux hommes, tout aussi bien qu'une jeunesse de vingt ans sait le faire.

Ah, si elle pouvait seulement convaincre sa Lirette pour qu'elle comprenne une bonne fois où est son intérêt !

Bien que ce soit grand-dommage pour ce brave Simon. Mais il finirait bien par s'en consoler. En se décidant à retourner enfin à son beau pays de Chabris ?

Non ?

Mais si. Mais si.

XIV

Un maître tonnelier

COMME TOUS LES ANS, un mois avant les vendanges, on attend, en personne, Alexandre Thiaulin, maître tonnelier, au château du Virolan, pour y apprêter les futailles qui vont s'endormir pour un an dans le caveau du marquis, à deux pas de la crypte où sont enterrés ses aïeux.

Thomas, le sommelier-jardinier-vacher, qu'on appelle plus sommairement « le domestique », est venu le lui rappeler la semaine précédente. Ils ont causé de vendanges ; elles y sont toutes passées : les futures et les anciennes – même celles dont eux-mêmes ont seulement entendu parler.

Ça a duré plus de deux heures, ce qui a coûté la vie à trois bouteilles de rosé et mobilisé la Thiauline, qui enrageait d'être coincée dans sa cuisine, prête à accourir à leurs appels.

En effet, au bout de la deuxième bouteille, ils ont trouvé qu'un petit casse-croûte de dix heures leur ferait le plus grand bien. Et il a bien fallu que la Thiauline coure au garde-manger à fromages suspendu dans le verger, que de là elle passe aux mansardes pour découper des tranches de jambon et de saucisse sèche, qu'elle leur fricasse quatre andouilles ; de celles conservées sous graisse dans un large pot de grès à la cave.

Et justement, pour couronner tout cet entrain, il n'y avait plus de sarment dans l'arrière-cuisine : depuis le temps qu'elle disait qu'il ne fallait pas le loger si loin – dans l'antique « maison des vieux », à l'autre bout de la cour ! Mais Thiaulin dit qu'il en a toujours été ainsi dans la maison et qu'il ne faut rien changer aux choses qui sont, pour ne pas se faire remarquer des « Puissances » et pour ne pas tenter le sort.

Exaspérée, par moments, la Thiauline se sent venir l'envie de faire brûler, à l'aide de quelques fagots, les débris vermoulus épars dans cette maison à reliques : manches de peignes à chanvre, bâtis à corder et autres quenouilles et quenouillettes encore tachées par les mains des vieilles Thiauline qui se sont depuis toujours, remisées dans cette « maison des vieux » en sentant les griffes de la mort trahissante les pincer, par petits coups de plus en plus fréquents, au-dessus des épaules, juste sur l'os, là où étaient les rondeurs à montrer pour tenter les amoureux, dans leur jeunesse.

De plus en plus souvent, et surtout des jours comme celui-là, la Thiauline regrette l'absence d'une servante – même de la Lirette, puisque son homme s'était mis celle-là en tête.

Et si ça doit être elle et pas une autre, c'est sans doute la marque de son destin à elle, la Thiauline, qu'on veut frapper, en se servant de son homme, puisqu'elle sait bien que les femmes sont placées directement dans les voies du Destin avec leur nature qui est de faire des enfants qui continuent la Vie. Les hommes, les pauvres, ne sont eux que des enfants-hommes dont les femmes doivent prendre soin, après que les mères les leur ont confiés.

Et si c'est aussi le destin de la Lirette ? Pourquoi se révolter ? Il suffit de s'habituer.

Comme pour aujourd'hui ! Elle sait bien que la cérémonie de l'invitation à venir visiter les futailles du château fait partie de ces jeux de grands enfants, flatteurs pour son Thiaulin.

C'est en effet le maître tonnelier en personne qui doit venir renifler à travers les bondes brillantes de lie sèche et rose. C'est lui seul qui a le droit de faire bouillir la feuille de pêcher, ou de sureau, ou de noyer, pour rincer les tonneaux selon leur état.

Thiaulin doit donc emporter dans un havresac ses petites boîtes métalliques où sont logés tous ces ingrédients précieusement séchés dans le grenier, l'année d'avant.

Il y loge aussi un casse-croûte et la petite gourde à eau-de-vie, celle qui garde encore la rayure couleur de plomb qu'une balle de fusil y a faite – on ne sait plus ni quand, ni où, ni sur le corps de quel ancêtre ou de quel ami de la famille.

C'est comme pour le havresac : il ne sert guère que pour cette occasion, et c'est peut-être celui des Thiaulin qui ont fait leur tour de France. C'est un sac exprès pour le trimard. On l'appelle aussi le « trimard », tellement il est indissociable de l'idée d'une longue route à faire, en peinant.

Dans ces choses venues du fond des Temps et qui n'ont pas bougé, le Temps semble s'arrêter et protéger celui qui s'en sert en lui promettant de faire durer le bon temps d'en ce moment – ou d'éviter qu'il empire, du moins.

Le châtelain ne paye pas très bien un tel travail, qui prend au moins trois jours pleins et oblige Thiaulin à négliger sa clientèle au village, mais c'est si bon de pouvoir dire : « Sûr qu'ils ont du bon vin au château, et qu'ils savent le garder ; mais c'est bien grâce à nous aussi : on leur soigne leurs fûts depuis… savoir combien de générations !

Preuve qu'on est bien les premiers pour savoir comment mener les tonneaux et le vin, nous, les Thiaulin ! »

Un voyage, c'est toujours un voyage.

On quitte des endroits et des gens qu'on a regardés tellement souvent, avec le cœur plus qu'avec les yeux, si bien qu'on ne sait plus bien comment ils sont du dehors et qu'on peinerait à les dessiner !

Thiaulin s'est retourné quatre ou cinq fois en montant la côte de Beauregard : d'ici en haut, on ne remarque pas nettement que sa maison est plus riche que les autres, ni que c'est la maison d'un tonnelier.

Il y a, comme pour la dizaine d'autres, un grand corps de bâtiment en pierre, monté au mortier fait de sable un peu gras et de chaux. Le toit de petites tuiles a été refait plus souvent que celui des autres maisons d'alentour, et Thiaulin reconnaît sa grange à la façon dont elle brille dans le soleil de cinq heures du matin qui commence à sécher la rosée.

Là, bien sûr, c'est le bâtiment des étables et de la grange, avec son entrée des carrioles, à toit surélevé pour y garer en urgence d'averse une voiture de foin ; avec une belle charpente en ogive et une immense porte de six mètres de haut dans laquelle s'ouvre l'autre petite porte, où il faut enjamber la poutrelle de la grande : un vrai travail d'art, fait pour son père par un ami compagnon charpentier, défunt aujourd'hui, et qui a laissé sa marque dans plus d'un clocher dont il fallait rénover les boiseries datant du temps des rois, un nommé Madrolle, natif de Chassignolles – tu en as sûrement entendu parler ? –

La maison des gens est plus petite. Elle est un peu cachée par le noyer et les noisetiers qui rafraîchissent le cellier en appentis sur le côté. Par contre on voit mieux la « maison des vieux », à deux pas de la nouvelle meule de paille. On devine même l'ancienne meule, plus grise et presque rasée, au niveau du tas de fumier.

Tout ça est serré près de cette bâtisse inhabitée qu'on voit mieux que la leur, avec son crépi de sable vineux et la treille « qui tient le mur », comme il dit souvent en blaguant pour faire remarquer qu'il faudrait bien quelques réparations à ce bâtiment ; mais que ça peut attendre. D'ailleurs tout le monde est d'accord avec lui pour comprendre qu'il ne faut pas bousculer le cours des choses, qui sont nos pauvres images de l'éternité, et qu'il y a des leviers qu'il ne faut pas toucher par crainte de mettre en route on ne sait quelle démoniaque machine, comme le recommandent les mécaniciens qui veillent sur les bielles, les manivelles et les naseaux fumants de la locomobile qui fait tourner la batteuse. Et le voilà reparti sur la route, dans la descente, avec ces rêveries-là en tête ; le bâton noueux et le sac du grand-père sur son bâti en bois de frêne qui se moule si bien au dos.

Thiaulin se retrouve assez facilement sur le bon chemin malgré ses coups de raccourcis à travers les prés.

Pourtant, il faut le dire, il faut me croire : le sac en peau de chèvre, poils en dedans, tu sais, il doit savoir le chemin mieux que celui qui le porte !

A-t-il soufflé des conseils à l'oreille de Thiaulin ? Je n'en sais rien, mais notre tonnelier a décidé de passer la rivière au gué de La Loge, parce que les chemins qui y mènent sont moins sales qu'ailleurs, et qu'il y a un arbre à travers la rivière. C'est un vergne, avec un autre plus petit pour se tenir et passer, en sûreté.

C'est du vergne ? On dirait. Ça ne tient pas longtemps, mais ce bois-là a dû être abattu l'an dernier seulement : il est encore sain et solide. Apparemment.

XV

La grand'eau

La rivière, c'est encore la Couarde ; mais là, plus haut, elle joue les sauvageonnes, aux brisures de niveaux. Elle enfonce ses lames d'eau vive dans la pierre écailleuse, à plus de dix mètres sous le niveau du chemin qui la côtoie en la soulignant d'une bordure rougeâtre. L'orage a donné à plein toute la nuit et, dans les prés, toutes les verdures de fontaine ont la tête sous l'eau : cresson vrai ou faux, « brunette » vulnéraire, sagittaire en fer de lance serrent les coudes ; les ruisselets gargouillent en agressant les deux oreilles ; si bien qu'on ne sait plus d'où vient le bruit.

On est assourdi comme au milieu d'une foule, près du gué, où on passe d'ordinaire sur une planche, c'est-à-dire ce tronc un peu aplani à la hache et jeté en travers, muni seulement d'un baliveau en guise de rambarde.

Dans son embarras Thiaulin fait passer le sac sur l'autre épaule puis il s'accote à un rocher ; c'est que l'eau est grande, et à l'autre bout elle rejaillit contre l'attache du garde-fou qu'on tient en main pour passer.

Le bruit est abrutissant ; les odeurs aussi ; comment réfléchir dans un pareil endroit ?

Du lierre fait l'amour à un chêne, non loin, et sème avec son pollen son odeur endormeuse. Assommantes et lourdes, ces vapeurs ; comme un café à l'eau-de-vie dans un mazagran bien épais et pesant. Un voile de nuages enveloppe la tête de Thiaulin qui soudain se met à penser à sa Lirette ; mais il se secoue le crâne et cette brume qui flotte à l'intérieur : il va passer en se tenant solidement à la rambarde. Voilà tout.

Il entre dans l'eau qui, aussitôt, à deux mains, lui plaque aux jambes son pantalon de velours et le lui gonfle d'air sur les cuisses. Puis elle envoie le froid mouillé l'enserrer jusqu'à la taille.

Il sent le bois comme couvert de verglas, mouvant sous ses souliers ferrés qu'il fait glisser l'un après l'autre dans la vague de l'eau qui heurte la planche – dos luisant et gras comme celui d'une anguille d'étang, mais une bête monstrueuse qui aurait la longueur et l'épaisseur d'un bel arbre.

Le soleil balance un reflet au bout d'une pincée de saules à feuilles plumeuses. Juste au-dessus des écailles du courant, là où le bruit saoule comme du grand vent.

C'est alors que Thiaulin se sent tout mou dans les genoux ; une volonté de dormir lui serre le ventre et les côtes. Il pense.

« Tout lâcher et s'étirer et on est bien ; c'en serait fini des misères : comme l'abcès percé qui s'en va avec la chaleur du cataplasme à la mie de pain… S'étirer et faire partie de la bête souple, devenir la bête souple, revenir à la pierre, au bois, à la terre, à l'eau, sans se déchirer à penser à l'amour. »

Son pied en glissant lui a frappé l'autre jambe au mollet : bon Dieu cette douleur froide !

Il a attrapé un moment une pleine poignée de sable coulant sous lui. Sa tête a roulé près du bord où des racines de vergnes laissent flotter leurs veines de sang. Il sent battre sa vie, chaude encore, dans cette eau glaçante. La vie ! La vie ! Elle l'a bien eu cette salope ! Elle l'a battu, elle l'a tué comme son père et le père de son père et le père du père du père… Simon, son ouvrier, a bel et bien gagné d'après ce que disent les mauvaises langues du village ! Ce salaud gardera la Lirette. Ils seront bras dessus bras dessous, ou peut-être mieux encore… pendant qu'on enterrera le pauvre tonnelier noyé au gué de La Loge !

Tout le corps de Thiaulin se raidit dans un cri venu de sa chair.

« Bon Dieu, non ! Il ne m'a pas encore. » Il a crocheté en plein dans les petites veines des racines du vergne. Il a tourbillonné sur lui-même en tordant dans ses mains les anguillettes des radicelles qui dans cette aventure perdent leur peau poilue.

Elles deviennent violettes et glissantes tout en se nouant sur ses doigts.

Il a été plongé en biais dans l'eau qui le soulève pour le désarçonner, mais il se redresse pour boire un grand bol d'air, et aussi pour se moucher le nez, les yeux, d'une secouée de tête.

Ses oreilles sont folles : elles font du bruit à l'intérieur d'elles-mêmes !

Dans un deuxième sursaut il a touché une tige noyée de noisetier dont la vigueur élastique le relève et lui porte un pied sur une souche.

Quelque chose lui parle dans un coin du cerveau pas trop envahi par l'eau ni par l'envie de mourir : « C'est une tige fragile comme toi, battue par l'eau, mais qui a résisté au courant et a su faire effort. »

Il est de l'autre côté. Il n'a même pas perdu la musette à outils.

Pourquoi ne s'est-il pas laissé couler ? Et il pense encore : « Le Simon ! Le fumier ! C'est à cause de lui, parce que d'abord et en premier je veux reprendre la Lirette ! Et merde ! et merde ! et… Non je ne peux pas te le répéter autant qu'il le fait, en tordant sa chemise puis en bottant les fausses girolles qui encombrent le chemin jusqu'aux trois maisons de La Loge.

Là, Mamèron le cantonnier l'a fait sécher à un fagot de sarment qu'il a enflammé dans son étroite cheminée de pauvre, et devant laquelle le corps osseux de Thiaulin ne tient pas en place tellement il cuit, à la vapeur de ses habits.

En buvant le vin chaud, le désir de posséder la Lirette lui revient et même de tuer l'autre et, avant, pire ! de lui faire les pires misères torturantes ! Ça le ratisse à l'intérieur… « Bon Dieu ! Attends voir ! Ah, je me suis sauvé de la rivière, ça ne sera pas pour rien… Nom de nom de nom… !

« Bien le merci, Mamèron. À charge de revanche. J'ai eu une bonne idée de venir chez toi ; à charge de revanche… »

L'autre, toujours sérieux, ne voulant pas tenter le Ciel qui lui rend pourtant si peu de services, il dit en voix haut perchée dans le nez :

« Faut quand même espérer que non ! », comme un avocat enrhumé qui vient de perdre son procès ; mais comme on dit d'habitude dans ces cas-là.

XVI

Bon ouvrier et bon gîte

Au château du Virolan on l'a mené au cellier comme on fait visiter une église à son nouveau curé. C'est toujours le même cérémonial, mais il ne s'en lasse pas ; il sent parfaitement la profonde obligation du respect des rites, qui sont comme le corps de ces idées qu'on invente en s'y mettant à plusieurs.

Aussitôt, plein d'ardeur, il attaque les tonneaux destinés au vin nouveau en sifflant et en chantant avec la musique de chaque coup de marteau sur le burin pour rabaisser les cercles qui sournoisement tentent de se relever derrière la face cachée de la barrique. Il ajuste les fonds, ses gros doigts solides et sûrs coulés dans les tire-fonds ; puis il bourre de la charpie de tissu dans les joints et y coule de la cire blonde dont par jeu, par goût et par habitude, il remâche longuement une boule ambrée.

En même temps, il se dit des choses ridicules, d'amoureux abêti comme un gamin de vingt ans : « Elle aimerait cette odeur : une fois elle m'avait fait compliment parce que j'avais sucé de l'acacia bien sec avant de l'embrasser… » Et puis il se dit, sans prendre le temps de se gifler, mais quand même il le mériterait ! (Regarde : sa joue a l'air de se colorer un peu plus !) : « Vieux corniaud ! Comme elle s'en fout de toi… » Et puis, ses idées tendres lui reviennent, avec le grand désir de se venger, de se battre et de reprendre « sa » Lirette pour la garder à nouveau pour lui tout seul, comme il l'avait eue après l'arrangement passé avec la vieille : « Bon Dieu quoi ! Ça ne lui déplaisait pas ce que je lui faisais ! »

Le travail lui glisse dans les mains sans le fatiguer, se faisant quasi tout seul. Il prend tout juste la peine d'y penser et, après une soupe bien accompagnée (écoute ça : viande de bœuf aux légumes, carpe farcie de pommes de terre sautées avec des girolles, le tout terminé sur une salade de cresson ! Pas mal, hein ?), il se coule dans le lit réservé aux chauffeurs de batteuses ou aux passants comme lui. La chambre est installée dans les communs, derrière le parc aux sapins bleus et noirs. Il ne s'endort pas tout de suite, et il bourre sa pipe courte et recourbée, celle dont on voit, en la fumant, l'intérieur du fourneau cligner comme un œil rouge de lapin russe.

Et puis il s'endormira un peu, tout écrasé, presque assis, avec une montagne d'oreillers pour lui caler les reins : comme ça on ne craint pas de coup de sang, et l'esprit est libre de réfléchir. On se repose bien, même si on ne dort pas tout de suite. « Moi je ne dors jamais », disait son père.

Ça fait partie des rares choses dont il se souvienne à son sujet. Et de sa mère qui ajoutait en en parlant : « Sans doute, sans doute ! Mais c'est bien moi qui t'entends ronfler ! »

Enfin il en est aujourd'hui à mécher les fûts, dans lesquels il fait brûler une rondelle de soufre au bout d'une ficelle imprégnée de cire, qu'il passe par le trou de la bonde.

La cire c'est quand on ne peut pas attendre que le bois du tonneau soit bien sec à l'intérieur. Comme c'est le cas.

En fin de soirée, après le souper, à la lumière de la lune et de l'acétylène, il a installé les futailles debout et bien serrées les unes contre les autres pour les « en-eauler[1] » en les recouvrant de sacs de jute

1. *En-eauler : faire gonfler le bois en le mouillant.*

mouillés. Les gens d'ici les garderont humides jusqu'au moment d'y mettre le vin, après le pressoir.

Il est fatigué, Thiaulin, et, sa soupe avalée et les au revoir donnés à tous, il est monté se reposer un peu dans sa mansarde.

Il peut. Car pour revenir au Magny, ce sera plus long – mais plus sûr – : il passera par le Pont-aux-Noirs, donc devant la Métairie Neuve, qui, avant d'être cette ruine qu'il a si bien rénovée, a sans doute appartenu à ces moines habillés de noir qui, dans les temps d'avant la Révolution, auraient donné leur nom au pont qu'ils ont construit.

De vieilles histoires ! Comme on aime s'en raconter avant de s'endormir.

XVII

Paroles d'innocent… Innocentes paroles ?

CEPENDANT, vers quatre heures du matin, à l'heure où la lune se couche pour laisser bientôt place à la blancheur d'avant le jour, l'air décidé, Thiaulin se lève d'un coup car il est resté habillé. Il se coule sans bruit dans l'escalier, la main tâtonnante glissée sur la rampe graissée par la transpiration des vieux bois. Il se met en route vers les carrières, sur l'autre versant de la colline, qu'on peut voir aussi bien du village que de la Métairie Neuve. Ce qu'il fait ? Regarde ! Ce n'est bizarre qu'à première vue : il suit son idée. Ne t'inquiète pas, il a toute sa raison !

En passant il accroche des ficelles qu'il a trempées dans la cire fondue au cours de son travail de la soirée et il bat le briquet au-dessous.

Déjà, comme ça, vus un par un, ses lumignons sont bien jolis, mais quand il est arrivé en haut du sentier, vers Beauregard, essoufflé, dans la brise fraîche qui secoue la rosée de fin de nuit, il s'est arrêté admirer, derrière lui en contrebas, les petites lumières bleutées qui dansent, qu'il a groupées par deux comme des yeux.

Au village des portes battent sur les pâles lumières de l'intérieur. Des coqs rivalisent de grincements avec les chaînes des puits. Toujours plongé dans sa contemplation, Thiaulin sourit niaisement à Padou l'idiot qui a jailli d'un buisson de genêts. Pas plus étonné que ça, car c'est dans les manières de faire de l'idiot, Thiaulin lui demande :

« As-tu fait ma commission ?

– Pour sûr, Thiaulin-Pendu. Elle t'attend comme ç'a été dit, au lavoir.

–Tu ne peux pas être poli ? fait-il en se redressant dans sa menace, n'm'appelle jamais comme ça ! Parce que ceux qui me disent la sornette de “Pendu”, ils ne l'ont pas emporté sans y rien changer… Viens voir que je te pommade les oreilles ! »

Padou s'est déjà perché bien haut dans les roches mal équilibrées. Il est agile malgré sa jambe torse. Il est rapide comme on ne le croirait pas.

Il crie alors de sa voix de tête, qui fait penser qu'il est peut-être châtré en plus de son infirmité. C'est quand il veut parler fort.

« Et moi d'un faux sorcier j'en fais un vrai de vrai… Y a plein de chats noirs dans la grand-brande, et ils sont tous de la chatte à Thiaulin.

– Que je t'attrape, oiseau dc malheur !

– Tâche de ne pas oublier d'aller voir la vieille, lui claironne encore le béquilloux. Elle m'a demandé des conseils. C'est pour te les donner après… mais vaut mieux qu'elle t'en fasse le cadeau elle-même ; dame, venant d'une vieille, c'est pas comme d'un Padou !

– Ricane, ricanons, je t'attraperai bien un jour !

– Pas plus que la Lirette, pas plus…

– Oh bon Dieu ! » Et dans sa colère Thiaulin s'en va mordre en plein dans une branche vermoulue de pommier mort qui pend en travers du sentier.

Malgré l'amertume qu'il remâche avec le goût de l'écorce bleuie comme la croûte d'un fromage, il se contente de faire le geste d'une claque large… à décoller la tête d'un bon saint !

Car il faut qu'il se dépêche pour arriver à l'heure au rendez-vous avec la vieille et, ensuite, être de retour au Magny, où « ses »fûts à lui l'attendent aussi.

C'est bien sûr : le travail est de bon conseil contre la mauvaise humeur et les idées « de travers ».

Et puis, il ne faut pas s'attaquer aux innocents, tel ce Padou, ce serait pécher, quasiment… car on dit qu'ils sont protégés d'En Haut et que ça porterait sûrement malheur.

S'ils font amitié avec le Diable, se dit Thiaulin, il ne faut pas davantage les bousculer. Peut-être moins encore que le curé et son entourage de grenouilles dc bénitier, avec en retrait son armée de bourgeois Sainte-Croix et ses artisans gavots[1]-bigots.

---

1. Gavots : compagnons du tour de France, qui affichaient leurs convictions de bons catholiques.

XVIII

Venant de trois personnes, une idée est bonne

Le drap gonfle encore une fois et coule dans le courant piqueté de vairons blancs. À part ces poissons et quelques galets faisant les originaux pour imiter des œufs durs plus ou moins bien épluchés, tout est vert et noir au lavoir, où la mère Mélanie attend en « lavochant » pour faire passer le temps. Elle est toute seule et il serait étonnant que quelqu'un vienne la déranger dans ces premières vapeurs nées du soleil qui lève à peine le nez hors de ses draps gris. Hormis celui qu'elle attend.

Elle a grand-besoin de se réconcilier avec Thiaulin. Elle songe que pour cela Simon doit s'en aller, alors qu'il s'enracine au contraire depuis plus d'un an, retenu par la Lirette.

La mère Mélanie se rend bien compte qu'elle a déjà beaucoup gagné dans le passé en s'attirant l'amitié de Thiaulin, mais elle aimerait plus encore. Elle a déjà un bon bâtiment pour plusieurs vaches : l'étable au-dessous à côté d'une belle grange ; le tout surmonté d'un grenier si vaste que toutes les rosières du canton pourraient s'y perdre dans le foin sans qu'un amoureux les retrouve ; avec les six hectares que Thiaulin a déjà loués pour elles deux, mais qu'il pourrait bien acheter, pour leur en faire cadeau, pour de bon... Voilà ce qu'elle aimerait : l'acte de vente dans le tiroir !

Elle se demande s'il ne va pas se raviser de venir causer ici avec elle comme il le lui a fait demander par Padou. Elle ne voit pas le mal qu'il y a eu à laisser approcher cet homme de sa fille et elle veut bien oublier aussi qu'il est marié. Ce qui fait qu'elle va jusqu'à marmonner des prières pour qu'il ne se ravise pas. Tu vois, l'argent, c'est aussi une religion, au fond, non ?

Bien sûr elle s'est cherché de bonnes raisons, au début. Ne t'inquiète pas, elle en a trouvé plein : sa misère passée lui en a donné plus qu'elle en voulait !

Enfin, si elles sont tirées d'affaire maintenant, ce n'est pas pour retomber dans la chienlit !

À y bien réfléchir encore – et le battoir reste levé comme si c'était lui qui pensait – ce n'est pas que ce Simon serait désagréable comme gendre ; mais il faudrait d'abord qu'il retourne un peu dans son pays ou bien à son tour de France… le temps seulement d'avoir les prés et la vacherie…

Elle songe et construit… et remâche en mastiquant bien tous les conseils malins que Padou-qui-devine-tout lui a donnés pour faire partir Simon.

« Faut-il que je vous aide à le tordre ce drap, mère Mélanie ?

– Vous n'êtes pas fier, Thiaulin, je le sais bien, seulement j'y arrivera ben seule.

– Alors, êtes-vous prête à vous entendre, comme ça, avec moi ?

– Faites tout ce que vous avez promis de faire ; moi je suis toujours prête à vous aider surtout que je n'ai jamais eu à me plaindre de vous… »

Elle se redresse une main sur les reins, mais reste à genoux dans la paille de sa caisse à laver, le « bachot », où il fait si bon s'agenouiller les soirs d'été – mais dont on aime encore mieux se relever.

Elle continue d'un trait en ravalant son souffle, sa salive et l'odeur des menthes écrasées surnageant par-dessus le parfum propre du savon de Marseille.

« Seulement voyez-vous la jeunesse ça ne pense pas ; c'est comme chez les jeunes bêtes follettes : elles cherchent le plus fort, le plus jeune, le plus beau – soit dit sans vous offenser !

Et si vous voulez la reprendre à Simon faut être plus fort que lui, ou alors il faut faire en sorte qu'il ne soit plus au pays... Mais, d'un autre côté, il ne faudrait pas non plus qu'elle croie que c'est vous qui l'avez fait partir... Tout ça n'est pas aisé... Si tout le monde lui en voulait, par exemple, et que les autres le feraient partir, ce serait le mieux du mieux, ça ! »

Un instant ils font moins attention à ce qu'ils disent car un vol de corbeaux paraît à gauche ; aussitôt Thiaulin vire pour les avoir à main droite et fait, de la gauche, le geste de jeter du sel par-dessus son épaule. La vieille, voyant ce geste sans avoir remarqué le signe des corbeaux, cueille nonchalamment deux brindilles de vergne qu'elle met en croix pour les briser en forçant sur le croisillon avec trois doigts.

Elle pense à l'idée soufflée par Padou, ce malin qui a été idiot tout le temps où il était à l'école – la première, celle installée dans les années d'avant 1870, dans ce bâtiment bossu accolé à l'église, avec le bedeau comme instituteur –, quand Thiaulin et ses copains lui faisaient croire qu'il mangeait de la crème. Et que c'était de la bouse de vache avec du sucre !

Et quoi penser de ceux de Beauregard d'en haut, qui lui avaient enserré les bourses dans un nœud coulant fait de jonc tressé, avec défense à lui de le desserrer ?

C'est de ce temps qu'il a cette voix bizarre, mais aussi que les gens le trouve bien malin, bien malin…

D'autant qu'avant ça on le trouvait tellement plus bête qu'une bête !

« … si on croyait qu'il jette des sorts, le Simon… tiens… ça le ferait détester de tout le monde. Peut-être même détester de ma fille aussi !

– Ça ! l'idée demande qu'on la creuse… Vrai de vrai, Mère Mélanie… c'est à voir… c'est à voir… »

C'était tout vu, Padou avait donné aux deux complices la même idée, qui était la leur déjà sans qu'ils le sachent vraiment.

Pourtant l'histoire des revenants-citrouilles avait plutôt mal tourné. Mais quand on se met à avoir à trois la même idée ! Quoi faire contre ça ? Est-ce que l'idée peut être mauvaise ? – je veux dire, venant du Mauvais, du Diable lui-même – Sûrement pas, hein ?

« Vous savez Thiaulin qu'il va falloir remplacer notre bourricot qui est crevé l'année passée à cause de son grand âge… Si vous en connaissez un bon, par cher…

– Entendu la mère… »

Le vent doux lui mord les dents qui sourient, avec une odeur de cidre de poire.

« J'y songerai, j'ai peut-être trouvé ce qu'il vous faut, et si vous causez bien de moi à la Lirette, le “bourri” ne vous coûtera rien.

– De vrai ? Merci en ce cas, le service est facile à rendre.

– À revoir donc mère Mélanie. Jc penserai aussi à passer payer la ferme de vos prés. Le mieux serait sûrement de les acheter…

– Ça c'est bien vrai que ce serait mieux ! À revoir mon gars. Tu n'es pas fier, t'es un brave gars… T'es “donneux”, c'est bien, ça… Faut-il que je vous estime de vous tutoyer malgré moi à c't'heure !

– Ça m'est agréable la mère. À revoir donc…

– À revoir… »

Et la vieille retourne s'agenouiller, tout sourire, dans le bachot.

Elle songe que l'hiver c'est une vraie pénitence de laver à la rivière, et ça, même si on tient compte des bavardages avec les voisines. Elle se dit qu'après tout, avec la ferme de ses prés en moins à payer au « bas » de l'année, elle pourrait peut-être confier son linge à la Mathurine des Ossans, cette benête qui lave pour les gens depuis l'âge de huit ans et a les mains – peut-on appeler ça des mains ? – comme deux battoirs rouges.

En s'en retournant Thiaulin songe à ses ficelles cirées.

Il l'a fait sans trop penser à quoi que ce soit, sans bien exactement savoir avec quoi rimait cette musique de messe noire qui lui bouillonne dans la tête. Et maintenant, comme la roue de derrière guidée dans la même fondrière que la roue qui guide devant, l'idée que la Mélanie lui donne gratis et qui rejoint la sienne, son pauvre poussin d'idée qui peine à naître bien que la bonne fermière en ait gentiment épluché la coquille, faire croire que Simon est un vrai ensorceleur ! –, ça vient se jointoyer si bien, tout ça, qu'il en est presque tremblant à l'idée d'aller allumer d'autres ficelles, le même soir sur le côteau.

Comme s'il y avait le Diable lui-même pour lui tenir la main et souffler des paillettes de son feu d'enfer sur la mèche du briquet à pétrole.

XIX

Diable de Diable !

CE FUT UNE JOLIE DANSE DE CHARIVARI : deux sorciers pour un petit pays comme Le Magny, c'est quand même un de trop !

Le temps qu'il fait, d'abord.

Quand le temps change, on regarde en-dessous, sourcils froncés, vers la Métairie Neuve, dont les tuiles mécaniques font aux gens l'impression d'une bête-à-mal prête à bondir sur le village avec son dos rouge bandé comme celui d'un fauve.

Le temps qui change – on se comprend –, s'il change, c'est en mal : trop chaud, quand les vaches prennent la mouche et cassent les clôtures ; mais plus souvent, anormalement humide ou froid, alors que d'habitude les automnes de ce Bas-Berry sont des choux à la crème douillettement bourrés de quiétude dorée.

Pour continuer, le lait.

Comme tous les jours la Mélanie a descendu ses trois bidons, l'air empruntés d'eux-mêmes comme des femmes grosses, faisant miroiter l'herbe du talus en collier d'or vert sur leur cou replet.

Voilà Brûlet le laitier qui arrive, il arrête sa charrette maraîchère et goûte le lait avec son petit verre : « Pas mauvais, vrai, pas mauvais », qu'il branle de la tête.

Il coche la baguette que lui tend la Mélanie, avec son couteau à tâter le fromage : c'est pour marquer le nombre de bidons de douze litres, pour le paiement tous les six mois. Et voilà la vieille, leste comme un cabri, qui dit au revoir après avoir dit : « À dater d'aujourd'hui ce serait deux centimes de mieux par bidon, comme vous le payez aux Gontrauds des Jachères, ça me ferait plaisir. »

Brûlet a répondu oui sans même réfléchir, « Comme si le Diable m'y poussait », a-t-il dit plus tard. Tandis qu'il regardait tout hébété la vieille qui, sans attendre de réponse, était déjà en train de reprendre son souffle, toute haletante, sur la pierre plate, au haut du sentier de chèvres.

Il y en a un qui cisaillait sa vigne, en contre-bas, qui prétend qu'elle a cueilli des herbes et a dit des mots.

Le laitier ne sait même pas s'il lui a répondu. « Comment est-ce que j'aurais pu ? Elle a disparu comme une fumée, comme un feu follet… »

Arrivé à La Châtre, chez ses « bourgeois », comme il dit, sans perdre de temps, Brûlet verse dans le pot de Pourigeon, notaire, le premier sur la liste de ses clients et… « Mille millions de… c'est pas possible, on dirait… c'est le soleil… ? de l'eau ! oui, mon gars, de la ch'tite eau sans goût aucun comme il en pisse à la Fonts de Saint-Loup ! »

Il vient d'avoir une attaque sur le trottoir où on le retrouve écumant, aux premiers volets poussés. À voir les traces de raclement laissées sur les pavés par ses souliers ferrés, on peut penser que ça fait un bon quart d'heure qu'il s'y tortille, sa bourrique lui reniflant les cheveux comme une personne humaine qui aurait compris, elle aussi, que le malheur est venu sur son maître, de là-haut…

C'est arrivé sans doute, dit-il ses esprits retrouvés, quand il a dit non sous la forme d'un éclat de rire à cette vieille sorcière avaricieuse qui gesticulait encore là-haut sur sa pierre plate.

Juré sur la croix : il avait juste bu deux « gouttes raides » avec Thiaulin à l'auberge du Magny, avant de prendre la route de La Châtre ;

même que – je te le précise – la Toinon lui en avait acheté deux casserolées, de son lait, juste avant, et précisément de celui-là, de la Métairie Neuve. C'était bien du lait encore à ce moment-là, enfin ça a sans doute été du lait jusqu'au moment où la carriole a croisé Simon qui revenait d'acheter son tabac chez la Toinon… Tu comprends ? Tu vois ce que je veux dire ?

Et personne n'a été tenté de croire que ce serait arrivé à l'auberge quand Thiaulin a quitté un moment son compagnon de beuverie pour aller « tomber de l'eau », qu'il a dit – parce qu'en Berry, en ce temps, on reste poli dans les mots et que seuls les animaux peuvent « pisser ».

Moi aussi d'ailleurs, il faut que je garde en bouche des mots bien propres, pour continuer de te conter cette histoire de mains sales.

XX

Maudits et malfaisants

LÀ-HAUT, dans leur maison à toit rouge qui fait le tri perpétuel parmi les petits nuages de beau temps que le vent d'est roule sous ses doigts comme du sucre cuit au petit boulé, comme dans un nid au cimier d'un arbre, il y a les amoureux ; nos deux tourtereaux là-haut perchés, tout mouillés de sueur d'amour, qu'ils sont, à longueur de temps, au long des jours, au long des nuits.

Ils finissent bien parfois par descendre au village ; ou bien se trouvent à croiser quelqu'un.

Ils remarquent le drôle d'air des gens – un peu, sans plus s'y attarder – quand ils passent près des maisons en allant au marché du jeudi soir. C'est le Grand Mazé Noir, un vieux garçon qui ressemble à son nom, c'est-à-dire à une fourmi, qui est presque leur voisin et qui leur donne malgré lui l'explication, un beau soir. Écoute-moi donc ! Tu sais ce que c'est quand on est jeune, pas vrai ? Bon. Alors c'est ça : ils reviennent du lavoir ; elle, rougie jusqu'au haut des bras par l'eau piquante comme une limonade, avec un goût de neige versé directement dans le sang ; lui, pieds nus, rafraîchi de la fatigue d'un labour de bel automne par la présence de l'eau qui, dans les fonds de vallon, semble baigner les racines des herbes, entre lesquelles on la devine coulant à la même vitesse lente et avec la même force d'insecte gigantesque, tout comme le désir qui coule dans leurs veines.

Ils ont donc laissé le linge et l'aiguillon dans l'entrée de barrière du pré du Grand Mazé Noir et sont entrés en se glissant vers le rucher, qui est enclos bien serré par des vignes folles tissées dans du grillage.

Ils en sont seulement à se picocher pour se mettre en train, tu sais : « Chatouille-moi si tu peux » ; « Derrière de lièvre » ; « Grand vaut'rien » ; « P'tit chat-écureuil » ; « Grand toucheux de bœufs » ; « Petit nid de roi-bertaud[1] ».

---

1. Roi-bertaud : roitelet ; son nid est en mousse douce, tout rond, avec juste un trou pour le passage de l'oiseau.

« Ah ! Oh ! » C'est là qu'ils se redressent tandis qu'une ruche d'essaim en paillon leur tombe dessus et que les abeilles leur jouent sur-le-champ un air de batteuse qui fait rabattre en vitesse les jupes de la Lirette et relever vivement le pantalon de Simon. En deux sauts, ils sont au bas de l'enclos et, de là, ils regardent le rucher entouré d'une fumée d'abeilles, avec, par-derrière, le Grand Mazé Noir, une fourche en main, qui remet le nid de paille en place.

« Et revenez-y ! qu'il gueule de sa grande mâchoire noire, revenez-y, je vous ferai sonner aux oreilles des mouches de plomb autrement plus piquantes que celles-là !

– Quoi donc qui te prend, Mazé ? demande Simon.

– La ferme, sors de là ! Et ne regarde pas les vaches, œil du mal sinon… Je te retrouverai, sac à malheur, saleté de j'teux de sorts ! N'y r'venez pas, ni toi, ni l'aut' f'melle du D'iab' ! »

Qu'il dit en faisant le signe de croix.

« Quoi que tu dis ? » demande Simon en serrant les poings. Mais il n'insiste pas ; son sang se réveille, mêlé de poison alors qu'il a pensé y faire entrer un miel de volupté. D'ailleurs il croit bien avoir compris… Et puis il y a plus urgent à faire que de se battre.

« Faut que j'aille tout de suite m'asseoir dans une bassine », déclare la Lirette.

Bien vexée qu'on ait osé faire ça à sa fille, plus que de la position où cette pauvrette se trouvait quand c'est arrivé, la mère leur donne tous les conseils que connaissent les vieux : de se frotter au vinaigre mêlé de sable fin, ou avec du thym frais écrasé dans du beurre ; il y a aussi le pansage à la pisse de chèvre (ou des gens, même, à défaut). Tout ça est sûrement excellent mais n'empêche pas leurs quatre figures d'enfler (quatre parce que je compte le haut et le bas) et bien, avec l'aspect des pommes de la pointe de l'arbre – tu sais, de celles qui prennent en plein le soleil…

Et parfois la grêle aussi.

Du coup, cette nuit-là, et comme il ne peut dormir, Simon roule plein d'idées mauvaises sous ses joues et son front, qu'il ne sait où poser sur l'oreiller, tellement c'est gonflé.

« Ah oui, je jette des sorts ? Bande d'ânes, buveurs d'eau bénite, bien sûr que je suis sorcier ! Et je peux faire ma part de mal, comme tout un chacun, ni plus, ni moins ! Ils vont voir ce qu'ils vont voir ! »

La lune respire tranquillement les nuées ocrées et bleues nées de la nuit.

Le couteau de Simon fend les ceps de vigne entre les écorces filandreuses qui cachent parfois des trous pleins de sable.

Simon s'arrête pour regarder.

Le raisin a été enlevé – trop tôt comme d'habitude –, mais c'est à qui prétendra qu'il mûrit mieux dans sa vigne que dans celle du voisin.

Je ne vais pas te faire le coup de t'obliger à t'attendrir sur les pauvres bras des ceps qui ont peur de l'hiver et, en attendant, quand même, s'habillent – sans aucune logique – de quelques haillons et même se dévêtent totalement en jetant, froissés menu, leur petite culotte et autre petit linge à la suite de la robe qui les habillait si bien cet été : tout ça pêle-mêle dans le rang de vigne déjà enherbé par les premières pluies d'automne.

Bon Dieu, non !

Ce n'est guère le moment de s'attendrir. Car cette belle vigne, celle des Pierrettes, il faut la voir autrement : c'est juste la marque de l'orgueil des Thiaulin.

Pour Simon, c'est comme une belle montre en or qui pendait à une ceinture mais qui vient de tomber par terre, et qu'on peut piétiner tant qu'on veut car l'autre ne s'en est pas encore rendu compte.

Simon casse le fil de sa rêverie et reprend deux trois bouffées d'air qui lui décongestionnent le cerveau. Attention ! C'est le cœur où la sève redescend et déjà sommeille qu'il recherche.

Il y tord la lame étroite, saisit de l'autre main un éclat d'ail bien pointu et le glisse au plus profond qu'il peut.

En retirant le couteau, tout revient en place, ni vu ni connu, je t'embrouille.

« Ça ne sera pas un tour de gamin comme nous le fait ce mauvais Thiaulin avec ses lanternes !

Là, il y en a qui vont prendre peur quand ils verront sa vigne, au printemps ! ».

Ça fait une dizaine de nuits que Simon s'acharne à sa vengeance, couché dans les rangs de vigne sur un sac de jute qu'il tire au fur et à mesure : grâce à cette litière, il travaille à l'aise et ça efface les traces !

Il déplace près de lui, du même mouvement, sa canne-fusil généreusement graissée de frais : on ne sait jamais, si quelqu'un venait le déranger trop brutalement…

Mais non, il est bien seul.

À défaut du vin qui a déjà bouilli en crachant ses humeurs grises, c'est de cidre doux que le vent s'est gavé, il rote quelques bulles entre les yeux de Simon, en haut du nez. Au ciel, des petits nuages en duvet ont l'air de s'être installés pour toujours.

Est-ce pour que le Grand Ciel ne voie pas la mauvaise œuvre de Simon ? Ils sont coincés là-haut comme il l'est lui-même dans ses amours et sa vengeance ; ils jouent à saute-mouton lentement, parce qu'il faut bien passer le temps dont on est la marque, à la fois mouvante et ponctuelle.

La vigne était belle cette année ; le raisin mûrit vite et bien dans cette terre caillouteuse. Tout ça ira peut-être un peu moins bien l'an prochain, à cause des mystérieux travaux de Simon…

La semaine suivante, voilà des petites gelées blanches ; sûrement trop peu musclées d'abord pour étrangler les coulemelles et autres champignons qui lèvent dans les chaumes de blé.

Puis c'est plus sérieux : les feuilles de vigne se grillent définitivement ou se cuisent : d'abord au doré, au roux, ou au beurre à feux doux.

Peut-être que les feuilles de la vigne des Thiaulin sont tombées un peu plus tôt que dans les autres, aux Pierrettes…

Mais s'il fallait faire attention à tout, tout serait signe du Destin, où on n'est qu'une toute petite bestiole de son sang… ce sang qui coule dans les veines des arbres et qui vient autant du ciel que de la terre : de la terre où tout retourne, du ciel où il y a l'air, dont toute vie a besoin, apparemment du moins. Pour ce qu'on peut en juger avec nos cerveaux d'humains, où la part d'intelligence a dû grossir en rognant sur les recoins où sont réfugiés la gentillesse et l'amour.

XXI

Du mauvais et du bon temps

On n'a pas de vignes à la Métairie Neuve. La Lirette n'est pas allée aider à vendanger chez Thiaulin comme elle l'a toujours fait les années passées, ce que Thiaulin payait en offrant une futaille et en faisant leur cidre « à moitié ». À charge pour les deux femmes de ramasser les pommes et de les mettre en sacs.

On a encore du vin de l'an dernier : une demi-pièce de cent vingt litres dans le plus frais du cellier, là où le soleil ne touche jamais le bâtiment, derrière le noyer qui mange le soleil à s'en rendre malade, avec son tronc et ses feuilles presque noires.

Elle n'ira pas, non plus, aider dans les vignes des autres qui, ayant eux-mêmes prêté leurs bras ou leurs ouvriers, attendent qu'on leur rende le coup de main.

Mais on a levé la récolte de grain tout à la faux et à la faucille.

Du méteil d'orge et même du blé pur froment. Ce dernier attend, dans sa meule dont le chapeau s'est déjà bruni : c'est à cause des premières pluies et des grands coups de soleil, puis des temps à gelées matinales qui ont suivi.

Mais voilà : comme par hasard, les gens de la batteuse à vapeur ne veulent plus prendre le risque de faire monter par le mauvais chemin leur précieuse et fragile locomobile aux cuivres bien astiqués, tirée par une lente paire de bœufs blancs bavant de droite et de gauche à chaque coup d'épaule massée contre le joug.

« C'est fort, d'accord, ça l'est, une paire de bœufs, trop…

Et si le tout se renverse dans les prés en contrebas ? Ou pire, dans le mauvais passage des bruyères ? D'un tel ravin on ne pourrait même pas sortir la ferraille, ou alors pièce à pièce, à dos d'homme. »

Il y pense, à la perte subie, ce Simon de la Métairie qui insiste un peu, en payant un coup ? Les années précédentes on avait pris de grands risques pour le matériel. Compte tenu du petit nombre de gerbes qu'on doit battre là-haut, le jeu n'en vaut pas la chandelle !

Simon n'insiste pas : il a bien compris qu'il y a du Thiaulin là-dessous.

Quant à battre en descendant les gerbes chez un voisin... Avec ces rumeurs de sorcellerie qui courent sur eux, les gens de la Métairie ont bien compris qu'il vaut mieux ne pas demander, pour éviter l'affront de refus répétés.

Là-haut, Simon a déclaré, en fermant son couteau au dessus des restes du repas :

« Ne vous inquiétez pas, je battrai tout ça au fléau et on le vannera dans le tarare. »

Il y est, pieds nus sur les épis étalés sur la terre battue de la grange, dont il a ouvert en grand la porte monumentale. C'est sa façon de se réveiller dans les matins qui commencent à fraîchir. Il se débarbouille avec ce travail moitié humain, moitié mécanique, surtout pour le tarare qui te montre bien net et impeccable le grain que tu as fait apparaître sous le fléau.

Ah ! le fléau à battre ! C'est pour briser les reins autant que pour frapper la paille, ce morceau de bois noueux articulé au bout d'un long manche par deux lanières de cuir épais.

Ce sera surtout pour les après-midi. Plus longtemps que le matin, Simon lui fera faire le moulin au bout du manche, avant de le laisser retomber bien à plat sur les javelettes de blé, qui en gardent comme un frisson, tandis que les grains détachés se dépêchent de se couler au fond entre les pailles poussiéreuses.

Le soir, à l'heure où les feuilles des arbres fruitiers – je veux dire les plus craintives – commencent à redouter les nuits qui annoncent l'automne des vraies gelées, elles se mettent à trembler. Elles en donnent quelques-unes à la terre, leur mère, comme une offrande.

Alors, Simon s'attelle à nouveau des deux bras à tourner le lourd volant du tarare, dont le ronronnement s'étouffe dans la poussière épaisse tandis que le grain bien net grêle son petit bruit sec et prétentieux dans le boisseau de bois, au-dessous.

Puis, à l'heure bénie où il n'y a plus la moindre brise, parce que tout alentour écoute le coucher du soleil – tu sais bien : toute cette vie et cette mort née d'elle, enfin tout ce qu'on appelle « la nature », juste là –, une odeur de pain et de civilisation vieille et heureuse flotte sur la cour et gagne un peu dans la maison pour aider au sommeil, après la soupe et les conversations tranquilles, comme si la fatigue seule n'y pouvait suffire sans ce petit supplément qu'on appelle parfois le bonheur.

Sans bien savoir où on en est avec ce bonheur, sauf que c'est une question de dosage, comme dans les confitures ou la sauce vinaigrette, comme pour la bonne fatigue juste avant qu'elle ne se tourne en mal de dos, comme pour la mauvaise idée qui peut devenir un vrai mal. Du malheur même !

En voilà des idées !

Ce doit être ce soir trop doux, trop mou.

On est arrivé comme ça à l'été de la Saint-Martin, qui est le plus beau cadeau de cet automne, lui-même toujours plus beau que les étés en Bas-Berry.

On reprend goût à la vie. On en compte les fruits. On fait le dernier effort : même les poules, qui ont presque cessé de pondre, se remettent à l'ouvrage, car elles vont glaner sur les chaumes avoisinants et picorent dans la meule les grains oubliés dans le fouillis des pailles brisées.

Ils s'y sont glissés quand la fourche les soulevait agilement pour faire le tri entre le grain indispensable aux uns et la paille utile aux autres. Car dans les campagnes de ce temps, trier et bien donner à chacun la part qui lui revient de ce qui est produit, c'est tout aussi important que le simple fait de produire. Mais je te garantis que tout le monde fait ainsi tout naturellement, et sans vouloir donner de leçons à personne, car c'est une chose que tout le monde sait.

Puis, comme d'habitude, alors qu'on ne l'attend plus – qu'on n'y croit même plus –, c'est le mauvais temps, le froid, et l'hiver qui s'annonce à toutes les fermes bien rangées et aux villages presque propres, jusqu'autour des tas de fumier arasés, malgré les pluies ou à cause d'elles ?

Personne ne sort plus sans son parapluie sous le bras ou son sac sur le dos. Même les chevaux sont habillés de cette dernière façon de faire…

Seuls les chemins et les champs où on a roulé et enfoui le fumier sont laissés sales pour ne pas déplaire à l'œil du ciel, chassieux, en fond de bouteille tout mouillé de temps gris.

Quand la vieille mère est couchée le soir, ou bien, dans la journée, quand elle est allée par les chemins des vignes des Pierrettes et du May jusqu'en ville, à La Châtre, pour les commissions qu'il faut bien faire de temps en temps – les allumettes, le sucre et le café –, alors, en riant, la Lirette coince le loquet avec un éclat de bois pris au fagot, au coin de la cheminée.

Simon jette le fagot entier au feu et on y voit soudain jusque dans les recoins de la pièce, malgré les volets tirés.

Il bascule alors une grosse bûche dans le feu et il déboutonne la Lirette, dont tous les habits s'attachent par derrière, à la mode du temps passé. Il lui dit alors de se pencher pour prendre l'assiette à beurre, tout au fond de la huche.

Ainsi arqué, tout le corps blanc de la Lirette lui apparaît soudain dans sa belle courbure blanche et rose, avec des mouvances lentes de liseron qu'on pourrait voir pousser. Le feu qui lèche la bûche lui met dans tous les creux doux des dorures de statues d'église.

Il la couvre de caresses avec ses grosses pattes d'ours et ses lèvres retrouvent d'instinct le mouvement et le chemin du bébé qui tête.

Ils étalent au sol un gros édredon de plumes, là où le carreau est fendillé par la chaleur et la préparation du bois d'allumettes.

Longtemps le tissu moiré garde dans son rouge sang l'empreinte de leurs ébats, où les inventions d'attitudes et la beauté ne trouvent jamais à redire. Et Simon, torse nu – c'est tout ce que sa pudeur lui permet –, semble un sculpteur ou un bourreau…

Et bientôt un diable armé de l'infernal tisonnier.

Il s'en passe de semblables et de plus belles encore, de ces choses-là, dans d'autres maisons bien calfeutrées.

Seulement voilà. Un petit gars de douze ans bien éveillé, que sa mère a eu sans être mariée et que tous ses copains appellent le Toine au Peureux, a osé regarder par l'entrebâillement des volets. On dit dans le village qu'il craint moins les sorciers et diableries que tout autre car son père naturel est un rebouteux panseux de la paroisse de Chassignolles. On affirme aussi qu'après avoir remis la hanche de sa mère en place, le rebouteux – pour adoucir sa peine sans doute – lui a fait cet enfant…

Quoi qu'il en soit, pour en revenir à ce qu'il a vu, il a juré à ses copains qu'il a vu – oui, bon Dieu oui ! – qu'il a vu ce sorcier de Simon souffler sur une statue de la Vierge qui s'est mise à bouger et à se plaindre – pas une petite statue de procession, non, une grande comme à l'église – ! Et ça, juste avant qu'il ne lui arrache bras et cuisses pour la manger, comme tout un chacun fait avec du poulet froid ! Et ça dans une lumière d'enfer qui l'a laissé tout ébloui et apeuré, lui, le Toine, qui en voit pourtant bien d'autres les nuits de pleine lune – à cause du don que son père lui aurait transmis, à ce qu'on dit.

Il est vrai que Simon a des manières de faire bien à lui. Faire l'amour lui donne faim et il mange toujours une ou deux immenses tartines de pain grillé et beurré, taillées en travers d'un pain de six livres, dans ces occasions-là. Des manières de faire qu'il a prises dans le Midi, à Avignon, dans la rue des Teinturiers, où une Italienne lui a appris toutes les bonnes façons de là-bas et de chez elle. Tu veux en savoir plus ? Bon, le mieux serait d'y aller…

… Si tu y vas…

Je te dis : le mieux, tu entres dans la ville par la porte de la pointe de l'île sur le Rhône, juste après le pont écroulé, oui le Bénezet. Pas la porte des Rochers – celle creusée dedans, non. Juste après. Bon, après la petite place derrière l'auberge des Bons Enfants, une ruelle par où ils roulent les barriques de l'auberge ; trois marches à côté d'un gros bloc de marbre un peu sculpté. Ça date de plus loin que du temps des papes. Tu ne peux pas te tromper, la dernière marche est prise dans le bloc. Tu tournes à droite.

Bon. Après la rue des Chapeliers, tu descends, tu descends toujours. Tu es dans la rue des Teinturiers. Là tu demandes (à un homme, bien sûr) l'Italienne, celle qui fait « le petit pont cassé », « la voiture jardinière », « la porte rétrécie » et même « la treille à effeuiller ». Ça c'est une femme habile dans son métier et qui a bien mérité tous les bâtons de compagnons qui l'ont honorée.

Tu peux rigoler ; dans ce commerce comme dans d'autres c'est pas toujours qu'on en a pour ses vingt, en pièces blanches.

« Dam' ! avec la Lirette, ils ne se regardaient pas non plus au fond des yeux pour chercher à y lire, par derrière, un bel amour cérébral. Non. »

Non. Se faire plaisir l'un à l'autre était la seule et grande marque d'amour qu'ils se donnaient, et c'était à la fois moins et beaucoup plus que ces amours mêlées de sentiments raffinés comme on peut en lire dans les *Veillées des chaumières* ou dans les romans de colporteurs ou de libraires de foire ; la Lirette avait acheté un petit livre qui s'appelait *la Mare au Diable*, écrit par un certain monsieur Georges je-n'sais-plus-comment, qui habite par loin de La Châtre : l'histoire d'un paysan costaud qui couche une nuit à côté d'une belle fille sans qu'on soit obligé de les marier après ! Ça l'avait bien amusée. De plus c'était au moment où la mère lui avait amené son Thiaulin qui l'avait surprise dans ses ardeurs des dix-sept dix-huit ans… Il y avait eu de bons moments de rigolade quand Thiaulin lui avait demandé d'en lire à haute voix ce passage.

Mais elle avait un peu changé en deux ans et, une fois, la Lirette avait dit : « Je ne pourrais pas faire l'amour à quelqu'un que je n'aimerais pas. »

« C'est sûr, moi non plus », avait juste ajouté Simon. Et il se demandait, un peu inquiet, s'il ne serait pas bientôt capable de rester une nuit à côté de la Lirette sans même la toucher, enroulés tous les deux dans une couverture près d'une mare du Diable. Et cet amour à l'état brut, né du corps, clair comme une eau qui sourd de la roche écaillée, avec toutes les mêmes inventions de cheminement mais une grande constance pour ce qui est du débit et du but final, il semblait propre à exorciser tous les maléfices qu'ils semaient eux-mêmes, ou que les autres répandaient autour d'eux.

Car ces jeux de sorcellerie, qui sont l'image du mal, c'est tout aussi dangereux pour les autres que pour soi, comme de manier un fer rouge pour un forgeron : aussi dangereux que n'importe quelle autre façon de faire.

D'ailleurs, ce sont toujours des gestes et des mots qui font se concrétiser et se cristalliser la mauvaise part du monde, de cette cuiller agile qui en tourne la mayonnaise dans nos bouches et dans l'air alentour.

L'hiver avait gentiment passé. Ne demande pas aux amoureux s'il avait fait bon ou mauvais, ils n'avaient pas le temps de se refroidir ni de regarder le ciel, en courant au pailler, à l'étable ou au bûcher. Ah si ! il avait fait soleil : ils l'avaient remarqué pour tuer le cochon, avant Noël ; mais personne n'était venu chercher de jus de boudin pour faire sa soupe. Ils en avaient mangé huit jours, et puis il avait fallu le jeter ; c'est pourtant bon avec tous ces légumes, surtout que plusieurs boyaux trop minces avaient éclaté : le jus était bien noir… Dommage !

XXII

Bonne taille, bon vin

TAILLER LES SARMENTS PLEUREURS, c'est un travail, bien sûr ; mais tellement plein de promesses qu'on aurait mauvaise grâce à se plaindre de la fatigue. Ça ne viendrait même pas à l'idée.

Thiaulin et les trois compagnons s'y sont donc mis de bon cœur parce que les averses sont rares dans ce printemps-là, sec comme un corps de coucou.

Par précaution on a quand même, à portée de main, des sacs à poser sur les épaules en guise de protection contre la pluie. Mais ils ont largement le temps de sécher, et même de se réchauffer, avant qu'on soit obligé de se les ficeler à nouveau sur le dos ; d'ailleurs ils ne sont jamais entièrement transpercés par ces minuscules averses plus légères que des fleurs de pruniers.

« C'est un temps à remplir les tonneaux, dit Thiaulin, et par superstition il ajoute quand-même : à moins qu'...

– À moins que la grêle... dit Botte d'Oignons.

– Ou le "coulage"... ajoute le petit apprenti, qui sait déjà que les giboulées peuvent laver le pollen. »

Le remplaçant de Simon, guère causant, branle la tête, et Thiaulin lui dit, à celui-là qu'on n'a pas encore entendu :

« Faut pas parler de ça, Mariotte, ça apporte le malheur. »

L'autre, plus sérieux que jamais, continue sa taille « guyot » : un bourgeon pour le vin, sur le bois de deux ans, et un œil jeune pour l'an d'après.

Il ne s'arrête que pour dire, du ton de celui qui pense profondément ce qu'il dit – tu sais, comme M. le maire quand il adresse un petit encouragement à la famille du défunt :

« Il fait un bon Dieu de temps quand même ! »

Et il lâche sa poignée de sarments, qui s'aligne dans le rang à la suite des autres légèrement de biais. Prêtes à être ramassées en fagots.

Alors Thiaulin fait signe au petit, qui part au bout du rang chercher le baril baignant dans la vase d'un trou de mouillère, et dont il essuie le ventre dans l'herbe avant de le présenter, dans l'ordre : premièrement, à Thiaulin, qui lui parle à son oreille de bois, s'essuie d'un revers du pouce et aussitôt le tend à Mariotte, qui lui parle longuement aussi, puis s'essuie du dos de la main et le tend à Botte d'Oignons qui lui parle de loin mais d'une petite voix de source régulière et ramasse la dernière goutte sur son doigt, qu'il se passe aux lèvres… Et lui, le petit Julien, dernièrement, en le posant de nouveau dans la boue enherbée, il lui parlotte, à genoux derrière le vieux pommier, bien caché, près de cette source avortée ; licheur déjà comme un vrai compagnon.

Le temps passe bien.

Le bois est fourni, ni trop ni trop peu. Il permet une taille régulière, et on voit déjà bien où seront les raisins et comment s'en iront les verges qu'on cisaillera vers fin avril début mai pour en répartir le surplus de vigueur dans les raisins qui fabriqueront du jus sucré avec la sève amère…

« Si le soleil…

– Si les gelées…

– Si ça pleut en avril, mais pas trop en mai juin…

– Si ça coule pas, ouais…

– Il fait un bon Dieu de beau temps quand même !

– Petit ! va donc le chercher cet avorton de tonneau là-bas, qu'on lui cause encore un peu à l'oreille. »

Déjà le gamin est au bout du rang…

Et en repassant au long des ceps taillés, l'apprenti, sur la verge bien propre et coupée à bonne longueur, il croit voir, lui aussi, où sera le raisin…

XXIII

Gamineries ?

SORCELLERIE DU DIABLE !

C'est le moment de le dire. De le crier. De le gueuler à tout-va.

On dit souvent que la volaille saoule… On en dit, on en dit tant de ces expressions toutes faites… ! mais, il faut l'avoir vu !

« Laissez-moi les grains de cassis », avait demandé Simon à la Mélanie qui les pressait dans un linge, tout imbibés d'eau-de-vie jusqu'au fond du cœur pour fabriquer une petite goutte de bonne femme.

« C'est pas une chose à faire », a reproché la vieille, mais elle a quand même tendu le torchon dont il a nettoyé la panse noire en en faisant glisser le contenu dans une vieille musette à casse-croûte.

Il ajoute, pour taquiner la vieille :

« J'ai aussi cueilli des fruits de sureau et, en ce moment, le jus bout à gros bouillons…

– C'est pas des choses à faire », répète la vieille en rajustant son peigne de chignon et en branlant la tête tout en chassant le chat d'un revers de sa socque noire.

Mais la Lirette est montée en riant dans l'escalier pour voir de près la petite cruche où fermente cette goutte douce destinée aux volailles de la Thiauline.

« Si ça ne les saoule pas, dit Simon, même le coq et les dindes, je veux bien prétendre n'avoir jamais bu de vin de ma vie entière. Sens-moi ça, renifle donc, ça sent la vinasse de l'alambic à plein nez. Je suis sûr que Botte d'Oignons en boirait, et en redemanderait !

– Faut pas mêler les bêtes à vos histoires, dit la vieille. C'est pas humain.

– C'est juste des gamineries », s'excuse la Lirette, pour eux deux.

La mère Mélanie ne dit rien. Après tout ça l'arrange, et même que sa Lirette l'aille regarder faire, de loin. Car il lui faut du temps et de la tranquillité pour mettre des cartouches venant de

Thiaulin à la place de celles qui sont au sec, dans cette boîte plate près de la canne-fusil de Simon.

À chacun ses gamineries, qu'elle se dit : sûrement des cartouches propres à lui péter au nez… ou peut-être sans amorces ?

En tout cas Thiaulin avait l'air de trouver la chose bien drôle, lui aussi.

XXIV

Sortilèges et contagion

CETTE NUIT-LÀ la lune s'est saoulée aussi, et au matin, elle baigne dans un grand dégueulis rose d'où il suinte sans discontinuer une rosée déjà chaude que se disputent les cricris et autres grillons-grelets.

Simon a abordé la basse-cour de Thiaulin par les prés, là où la rivière touche le terrain ratissé, bosselé, devenu comme de la poudre sous les picotements, picochements de toutes les volailles, avec, par endroit, sous les perchoirs, l'accumulation des bouses en pièces montées de stuc blanc où les poules se grattent le ventre, en dormant.

Il passe, jusqu'au jardinet jouxtant, sur un tronc de vergne formant pont sur la rivière et tout lourd de l'eau qu'il a bue par les cassures de ses branches. Il s'approche assez près, sous un osier où grimpe du houblon sauvage, puis il balance en plombant son lourd sachet sous les épines blanches du coin le plus proche ; ça réveille le coq qui d'abord se sauve, effarouché, puis, hautain, daigne abaisser ses regards, puis son bec vers le sac éventré dans les épines.

Entre nous, je te le demande :

« Tu en as déjà vu des gens comme ça, invités à trinquer avec un p'tit verre de gris et qui te parlent avec hauteur de leurs “côtes-de-mon-trône” ou de leurs “moulins-à-vin” ? Et qui finissent par danser la gigue avec la noce du gars Toine et de l'Ernestine à cause de ce petit vin gris qui ne paye pas de mine ? Si tu en as vu des comme ça, tu as vu le coq qui se saoule plus gravement qu'un Anglais et qui bientôt sonne l'heure fausse, le rappel et l'alerte, pour rameuter ses dames. »

Puis c'est le tour des pintades – une espèce rare : des blanches ! que le tonnelier a fait venir exprès par le volailler de La Châtre. Des bêtes qui ont voyagé en train !

Simon s'est posté sur une langue de sable dont la partie large est bien fournie en fougères, et que le pré tire dans un repli chatouilleux de la rivière.

Le sable respire sous le ventre de Simon, qui rigole intérieurement de voir les yeux des volailles devenir aussi larges et ressortis que des billes de verre, tu sais bien, celles qu'on descelle au culot des bouteilles, quand on est gamin.

Les poules, ivres mortes, se sont endormies, l'œil coincé sous la paupière trop étirée, devenue mince comme du papier à cigarettes. Elles se laissent piétiner les unes les autres. Mais surtout les dindes et les pintades valent le coup d'œil. Elles tentent de se percher sur le chêne bossu au milieu de la cour : « Va te faire voir ! » Elles battent le sol en retombant dans les flaques où vient finir de se perdre la rigole de purin de la porcherie, dans son cours tortueux aux bords séchés en écailles noires.

Sur la route, avant le pont, l'Augustin, qui monte à pied cisailler les gourmands de sa vigne, s'est arrêté net. Il en a posé son panier par terre, d'émotion.

« Ces bêtes-là sont folles, elles ont été saoulées, pour moi. »

Son camarade de route, c'est Alphonsin Ducoudray, qui justement va du même côté et vient de le rattraper.

Il bascule la tête car il sait des choses si lourdes à porter qu'il hésite à dire :

« M'est avis que c'est autre chose. Si tu voyais sa vigne au Thiaulin ! Sèche ! Pire que le jour où il l'a taillée.

– Non !

– Sèche, tiens, comme ça ! – il tape du pied sur un caillou – deux ou trois rejets aux pieds, par-ci par-là. Ensorcelée, quoi, en un mot.

– Qu'est-ce qu'il en dit le Thiaulin ?

– Il ne le sait pas encore, il n'y est pas retourné après le débuttage de printemps. Mais pour moi ça viendrait de l'autre là-bas… »

Et par-dessus son épaule il jette une pierre imaginaire vers la Métairie Neuve, tandis que de la main gauche il fait comme s'il avait lancé une pincée de sel par-dessus sa tête ; c'est pour conjurer le sort pour le cas où ceux qui en parlent seraient visés aussi.

« S'il s'en prend qu'à Thiaulin, du moins il n'y a que demi-mal.

– Savoir ! Ça peut gagner partout, comme une maladie, et aller frapper dans le village des gens qui n'étaient pas visés au départ. Quand les sorciers déchaînent les Puissances, ça arrive aussi qu'ils n'y peuvent plus rien après. Le Mazé a voulu les chasser de son parc à abeilles, où ils faisaient l'amour. Ça n'a pas manqué : c'est juste huit jours après qu'il s'est fait mordre par un aspic rouge et qu'il a pas été loin d'y passer de l'aut'côté, voir si la goutte remplace l'eau de puits…

– Allons-nous-en, donc ; vaut mieux ne pas se mêler de tout ça.

– En tous cas faut pas faire saouler les volailles parce que, si ça rend les hommes bêtes, c'est sûr que les bêtes, ça les débêtise. Et les bêtes c'est souvent aussi mauvais que les hommes, au fond. Et une méchanceté tellement naturelle, qu'on peut même pas leur reprocher.

– Les hommes c'est loin d'être bon…

– Ceux qui vivent en bêtes quasiment et il y en a tant ! Même nous, par moments, on n'est que des bêtes, ça n'serait-il qu'au lit. Tiens, prends les gars des bois, bûcheux, fendeux, tout ça. Ils se saignent et se fendent la tête pour des riens. Le Frédéric avec défunt Georges, une carotte de tabac ! ça a suffi pour déclencher la lutte, à mort pour l'un. Et envoyer l'autre au bagne de Guyane. »

Il ne faut pas se moquer de ces deux-là. Car c'est bien réconfortant de pouvoir dire du mal de l'humanité : on a l'air de s'en mettre à l'écart, de se ranger soi-même du côté des meilleurs ; ça nous remplit d'un grand bonheur. Pourquoi je dis ça ?

C'est peut-être que je cherche une excuse à ces deux-là, qui sont devenus plus bavards que des laveuses, tandis qu'ils remontent la côte des vignes.

Ils en oublient le sac trop lourd qui leur pend au côté avec les cisailles et la botte de joncs pour accoler les jeunes verges.

Ils en oublient le soleil et les picotements que chaque goutte de sueur leur met sur la nuque. Qu'est-ce que ça sera tout à l'heure là-haut, dans les vignes des Pierrettes, où chaque silex multiplie par cent les rayons du soleil !

« Ça va nous chauffer les reins…

– Moi il y a des jours, je n'peux plus me redresser sans m'appuyer sur un piquet de vigne ! et après, je pète, faut entendre ça !

– Pas étonnant avec le ventre que t'as ! »

Enfin, tu vois, juste pour parler d'autre chose, et surtout de ce qui est le plus important peut-être.

Parler de soi-même.

Pour recentrer le monde sur de bons appuis. Comme quand on cercle un tonneau.

Bien caché, Simon avait longtemps continué d'affoler les bêtes en leur jetant de ces petits cailloux qui sont amassés en colliers, au bord du sable, à la limite des vaguelettes de l'eau.

Puis, à reculons, il s'est sauvé dans les iris jusqu'à son tronc au-dessus de l'eau. Personne n'a pu le voir. Même pas la Lirette, qu'il surprend dans son fourré de fougères.

Thiaulin est sorti plusieurs fois de son atelier pour essayer de ramener ses pintades blanches à l'étable.

C'est peut-être à la quatrième ou à la cinquième, je ne peux pas dire juste, qu'il leur lance son bâton à la volée au ras du sol, tellement la colère le pousse.

Il casse les pattes à deux belles poules pintades et touche le coq au jabot. De colère – d'être trop adroit –, il lance encore un rondin vers le chemin où quelques curieux rigolent.

Regarde ce que c'est que le destin : un âne que son cousin Adrien tient au licou part en ruades, droit dans le ventre de sa femme, la Louise, qui, au soir même, délivre un petit mort-né. Ç'aurait pu n'être qu'une fille guère utile à leur petite locature… Eh bien non, c'était un petit gars : c'est que le malheur – et on ne peut rien faire là contre –, il s'enchaîne maillon à maillon, sans s'occuper de savoir le nom de celui qui l'a déchaîné, ni pourquoi.

XXV

Bien pratiques, ces nouvelles allumettes !

C'EST LE LENDEMAIN soir à l'auberge. Thiaulin y a pensé toute la nuit. Il a décidé qu'il faudrait arrêter tout de suite ces choses-là, parce que c'est sûr : par lui – et au-delà de lui, par les manigances de Simon –, le malheur va retomber sur tout le bourg. Pourtant, est-ce qu'on peut changer d'idée et de façon de faire, comme ça, du jour au lendemain ?

Thiaulin, avec son cousin Adrien, boit dans un coin, l'air taciturne. Il a fallu calmer le malheureux père de la femme avortée. Thiaulin, un peu saoul, s'en veut d'avoir lancé ce rondin « sans même regarder », qu'il dit. Il parle de se donner la mort.

Il torture son verre vide pendant que son cousin Adrien en dit plus qu'il n'en faut pour l'excuser.

Tous le comprennent bien, car Adrien a déjà quatre gars et trois filles. C'est beaucoup de gens à faire vivre sur cinq hectares, même si, à eux seuls, ils occupent les prés communaux presque à longueur d'année, avec leurs trois vaches, les deux chèvres et l'âne.

Thiaulin, l'air de ne pas y toucher, fait marcher ses affaires contre Simon, comme un berger marchant près des moutons et qui les encourage juste au bon moment, si bien qu'on croirait le troupeau capable d'aller seul.

Mais est-ce qu'il se rend bien compte de ce qu'il fait ? Et, de plus, en allant à l'encontre de ses bonnes résolutions de la nuit.

Ce sont des insinuations répétées et des sous-entendus du genre : « Il y en a un qui n'a pas dû pleurer et qu'a dû savoir que ça arriverait avant même que la Louise soit enceinte… »

Après la tournée générale qu'il offre vers dix heures du soir, ils ont décidé de monter là-haut ; ils sont bien une douzaine – au moins.

« Faut y aller :

– Pour s'expliquer…

– Causer un brin…

– Lui parler de son pays… Parce que…

Bien pratiques, ces nouvelles allumettes !

– Parce qu'on veut pas qu'on nous emmerde…
– Sorcier ou pas…
– Nom de nom de Dieu de merde… »

À la Métairie Neuve, les ailes de la nuit se sont lassées d'égratigner le plâtre des greniers qui la gardaient prisonnière. Elle est dehors maintenant, sur les branches du noyer et du tilleul, qui s'éclairent en veilleuse d'hôpital.

Elle est décidée à se reposer, la nuit, lourde de ce jour qu'elle peine à digérer.

La branche noire ploie devant la croisée en essayant de gober le jaune d'œuf de la bougie qui y clignote à petits bruits de friture.

La flamme bouge en même temps que la grande ombre de Simon.

Il est sur le départ. En catimini… Sans courage mais sans chercher ni le scandale ni les grands cris. Départ en douceur pour éviter les histoires et les pleurs. Il tire les lacets de son sac de trimard. Il serre et fait un nœud. Puis, comme il a un peu de temps, il affûte son couteau au rebord de l'écuelle près du feu. Il écoute un moment le déboutonnage de la Lirette dans la pièce voisine et il se redresse en passant la tête sous les cordons noués de ses souliers qu'il avait posés sur la table, au bord.

Sur le *Petit Journal* étalé comme une nappe, il y a une tache de graisse à chaussures, à moins que ce soit de bougie, ou de beurre fondu.

Dans la chambre à côté la robe glisse et les pieds nus trottinent sur les carreaux frais, avec un bruit de femme frileuse.

Simon ne veut pas entendre son nom soufflé au ras du plancher vers la raie jaune sous la porte. Il n'a pas entendu non plus s'ouvrir les draps ; il est déjà en bas, tout étonné que ce soit si facile et – regarde la chance qui l'aide pour qu'il ose s'en aller – la porte de derrière est restée ouverte !

Simon reste un court instant à réfléchir sur cet oubli étonnant, car la mère Mélanie fait toujours le tour des portes avant de se coucher. Puis il se donne un ordre brutal :

« Tasse-toi, derrière la porte, Simon ! Tasse-toi, rentre le ventre : voilà le Thiaulin ! Facile à reconnaître celui-là, avec ses cheveux ébouriffés et comme tenus par une peinture rouge qui serait droit venue des rares rayons de lune, entre les nuées. »

« Et celui-là, qui c'est ? », que tu te demandes, ah c'est trop bête ! Tu as beau rechercher le souvenir de son visage de Pierrot de théâtre, tu ne trouves pas. Tu le connais pourtant ! Fais donc pas tant de bruit dans ta tête en cherchant ; Simon, mon petit compagnon, grimpe vite à l'échelle du fenil ! Attends ! En voilà, en voilà d'autres : cinq ! Pas moins ! Oui c'est l'Adrien… mais oui, celui dont la femme vient d'avorter d'un petit gars à cause de… Et c'est lui qui se débat déjà là-haut avec son gros ventre et souffle fort en voulant culbuter la Lirette, qui hurle en appelant du haut de l'escalier.

« Arrête ou je te… te… »

Là, c'est la voix de Thiaulin, après une galopade jusqu'en haut de l'escalier, dont le vieux bois craque encore quand le cri d'Adrien tombe, mou d'étonnement et de peur, comme saignant, sur l'édredon rouge : il vient de prendre un coup de genou dans le bas-ventre et le poing de Thiaulin sur le nez ; en même temps.

Thiaulin parle en homme, les yeux partout à la fois :

« Bouge pas, ma Lirette, c'est pas à toi qu'on en veut…

– F'melle de vacherie ! elle m'a mordu !

– Où qu'il est le Simon ? Tu vas le dire ? Cherchez, vous autres ! » Et Thiaulin secoue les sanglots de la Lirette.

« On a regardé dans les deux chambres : y a rien. »

Il n'y a plus la mère Mélanie non plus, qui s'est réfugiée chez sa fille, en cheveux et camisole :

« C'est pas si beau à voir que la Lirette », lance l'un d'eux, qui vient de se passer un coup de rigolade par-dessus sa colère, peut-être montée aussi avec les derniers verres de gnôle, tout à l'heure.

« T'en veux autant », lui dit Thiaulin en montrant du menton son cousin Adrien écrasé dans un coin, les deux mains sur le bas-ventre. Il ajoute dans la foulée : « À la Lirette, on n'y touche pas, à la Mélanie, du respect ! C'est le Simon que je veux.

– Tu l'as tapé sec, l'Adrien, il saigne à la joue.

– Il a trop de sang l'Adrien. »

Et soudain, comme folle de peur – ou peut-être excitée par tout ça –, voilà la Lirette qui attire Thiaulin et se frotte à lui. Peut-être aussi en espérant que Simon se sauvera pendant ce temps-là. Elle le pousse dans la chambre de sa mère. Ils basculent sur l'édredon couleur de sang frais. Il pousse la porte du pied et la ferme au nez de la vieille qui les a suivis en se lamentant et en appelant à son secours Jésus, sa mère, et même le reste de la famille.

La bougie a bien failli s'éteindre, tellement ils bougent ; comme s'ils étaient dans un travail d'abattre un arbre, de lever un rocher… Et que, si on arrêtait de cogner sur les coins de fer pour diriger l'arbre, ou d'appuyer sur le levier pour le rocher, on allait être écrasé ! Pareil. Même violence et même peur.

La Lirette s'entend dire des mots qui lui font mal, comme dans un mauvais rêve où on doit faire des choses qu'on ne voudrait pas faire.

« Je t'aimais bien Thiaulin ; c'était tout de sa faute, à ce mauvais sorcier de Simon, ce qui nous séparait. »

Simon a souri méchamment en entendant ce que disait de lui cette fille que dans sa tête il traite de traînée. Car on entend bien au travers du treillis de lattes fourré de torchis qui sépare la grange de la chambre.

Puis il s'est assis dans le foin et il a passé ses chaussures à ses pieds.

Derrière lui l'échelle grince sous le poids d'un gros homme qui monte et souffle chaque fois que son genou soulève sa bedaine.

Tranquillement Simon passe la deuxième chaussure.

Mais il faudrait se presser un peu car celui qui monte appelle les autres :

« Venez là, je l'entends, je l'entends le fumier ! Il est au grenier ! » Heureusement, il est tellement essoufflé que sa voix ne corne guère plus loin que dans les os de ses oreilles.

Alors, comme l'homme écarquille les yeux en haut vers les bosses de foin, Simon étend le pied tranquillement et pousse le dernier échelon d'une détente sèche.

« J't'en… en… j't'en… »

Qu'est-ce qu'il veut dire, le gros qui se sent partir en arrière ?

L'échelle, en rebondissant sur l'autre rebord du fenil, fait lâcher les poignets du gars, qui s'écroule de travers comme un sac échappé sur l'aire de battage, le souffle éclaté en boule sous la langue, sans plus pouvoir articuler un mot.

« J't'en… j't'emmerde ! », dit Simon. Il fait le tour pour rejoindre l'échelle qui descend aux étables. Mais il réfléchit.

Il retourne.

Il charge posément son sac sur une épaule, se pose une fourchée de paille sur l'autre et glisse un paquet de foin sous l'autre bras ; ce petit tas, il le laisse tomber en passant par la lucarne juste devant la porte de derrière. Alors, dans le fenil, il allume avec son briquet qui renâcle et crachote une mèche de foin tortillée autour de la fourche plantée en biais dans le vieux regain bien sec d'il y a deux ans. En allumant tout de suite, le tout ne flambera bien que dans deux ou trois minutes – un peu comme les ficelles cirées de Thiaulin. Maintenant il va pouvoir descendre.

Il a aussi frotté une allumette au soufre, pour enflammer le foin jeté devant la porte de la cuisine, qui est la porte de devant. Il doit vite se pousser de côté, pour éviter de recevoir Botte d'Oignons qui, courant derrière lui, a planté sa fourche dans la porte en le visant.

D'instinct Simon a levé sa canne-fusil, dont il était plutôt embarrassé l'instant d'avant. Il ne peut pas le louper, ce saligaud.

Le coup part. À bout portant.

Simon regarde autour. Personne. Botte d'Oignons bouge encore un peu. Faudrait s'arracher à la stupeur qui paralyse. Faudrait partir. Il faut vite.

Le feu est venu d'un coup gratter de ses ongles ensanglantés aux portes et aux vitres. Ceux qui n'ont pu sortir se jettent des fenêtres d'en haut, pendus un moment par les mains à la braise des embrasures.

Simon, lui, dévale déjà ce guéret qu'il a ensemencé en blé la veille d'avant-hier et dont la terre légère, croulait si bien sous la herse, sans aucune peine pour le vieux bourricot.

Plusieurs se sont démis des membres. On vient de retrouver la mère, noire et courte comme un pain de six livres qui a pris un coup de feu.

On ne reconnaît guère d'elle que le visage, si racorni d'avance qu'il n'a pu brûler.

Thiaulin a pris son temps et son plaisir, puis il a emporté la Lirette encore tortillée de mauvaise jouissance et de grand-peur. Il a simplement foncé à travers la porte d'en bas, à reculons, à travers les flammes, sans mal.

Moins d'un quart d'heure après, tout le village était là.

Ils se sont passé des seaux, les gens, du puits jusqu'aux bâtiments. Mais tout est brûlé. C'est maintenant encore quelques longues flammes échellées droit au ciel vers où grimpent au long des poutres et chevrons des fumées au corps rosé, comme des chemises de nuit pour l'âme de la maison, à cause du froid des mois à venir.

De l'étable on a sauvé les vaches et le bourricot. Seul est resté un veau ; pas brûlé, mais cuit au doré, si bien qu'on pourrait en manger, si ce n'est le dégoût que donne son ventre éclaté d'où sort une énorme bulle de savon qui doit être la panse.

À cause de l'incendie, après l'enterrement de la Mélanie, il y a encore de la dispute au village : c'est bien connu et il faut le répéter ; mais ça ne sert pas à grand-chose de le dire :

« On prête des seaux et on ne vous rend pas les vôtres !

– Tenez, le mien, c'était un galvanisé tout neuf que j'avais acheté à la foire à la Berthenoux, l'automne dernier ! Et voilà ce qu'on m'a rendu ! »

De fait, celui-là est un de ceux qu'on laisse à demeure accrochés à la chaîne du puits. Je les connais ceux-là : ils ont compté toutes les pierres qui lèvent le nez dans le mur du puits.

Et s'ils ne rouillent pas, c'est de trop servir et d'être toujours humides.

« Vous avez raison, celui-là ne tardera pas à se percer. Il est loin d'être neuf. »

Voilà comme il faut parler : ne pas dire « il est vieux, tout usé », non. Les excès, c'est juste bon pour en déclencher d'autres ; et on a vu ce que ça donnait, hein ?

Alors on dit : « Ce seau, c'est vrai, il est loin d'être neuf, mais il peut encore faire... »

XXVI

Des vies entrecroisées

« THIAULIN, C'EST LUI À QUI ON DIT "Monsieur le Maire", gros comme le bras, oui ou non ? Bon, oui ! Alors c'est normal et bien, tout ce qu'il fait. Comme ce l'était pour l'autre d'avant, le maquignon qui vient de mourir, et qu'on avait élu en se disant que, s'il roulait si bien les gens, celui-là, il ne pouvait qu'être malin malin dans les affaires de la commune. Et si Thiaulin recueille la Lirette chez lui, comme domestique, il n'y a rien à redire là-contre ! Bien sûr que c'est par pure charité chrétienne ! »

Mais un petit rire moqueur, monté en suraigu (comme les cris des Marchois quand ils dansent), vient vite mettre en doute cette benoîte affirmation du nommé Botte d'Oignons, bien vivant et qui ne se rappelle même plus avoir été mis en joue par Simon. Pas plus qu'il se rappelle avoir essayé d'enfourcher ce « ch'ti' sorcier de dévorant », comme il dit quand il parle de Simon.

Il est en train de consommer à l'auberge, et il rit silencieusement en se courbant comme pour se cacher derrière son verre.

« Non ? Si si. Il l'a installée chez lui, sous la main, pour ainsi dire ?

– Puisque je te le dis !

– Non ! et sa femme ?

– Faut bien qu'elle supporte tout ça sans rien dire. Et sans doute que, à celle-là, au fond, la Lirette lui rend quand même service parce que la Thiauline, faut bien voir, elle n'est pas forte forte… Et puis la Lirette, à ce qu'on dit, elle n'aura jamais d'enfant. »

Le Bastien à la Toinon, qui est souvent comme aujourd'hui, à la fois tenancier de l'auberge et consommateur – faut bien faire marcher le commerce ! –, secoue sa longue carcasse terminée par une tête pâlotte de blond malsain – il faut toujours avoir l'air réfléchi et tourner plusieurs fois sa langue dans sa bouche avant de parler, et surtout si on est dans le commerce – et il déclare :

« Il y a des choses plus tristes sous le soleil, mais de plus agréables aussi, tiens, je vais te faire goûter mon petit vin gris de c't'année. C'est du “magny”, qui vaut bien du “châteaumeillant”.

– C'est bien parce que tu insistes, qu'il dit tout larmoyant, Botte d'Oignons en se dépêchant de finir son verre.

– Il n'y a que les nantis comme ce Thiaulin pour tourner à leur profit les mauvaises affaires des autres.

– Pire que ce que tu dis, mon frère. Il n'y a que lui, c'est sûr, pour réussir un coup pareil.

– Qu'il en profite bien, savoir comment ça finira…

– C'est tout vu. Ça ne finit jamais chez les Thiaulin.

– Celui-là n'est peut-être pas comme les autres.

– Savoir ?

– À la tienne.

– Santé. »

Et ils ont fini la bouteille, tous les deux, lentement, en causant de tout et de rien, en sachant bien une chose en tout cas, pour ce qui est de Thiaulin, comme de toute chose : c'est qu'il suffit d'attendre assez longtemps pour savoir ce que les choses et les gens vont devenir. Mais que même si on devenait vieux, vieux – mais vieux comme un corbeau ou un chêne – , tout ce qu'on aurait appris ne serait encore que du provisoire avec lequel on ne peut mettre que deux trois pierres sur le chemin de la « vérité vraie ».

Mais en attendant il n'y a guère que Padou qui ose encore l'appeler Thiaulin-Pendu, quand ils se rencontrent par hasard, ce qui coûte à Thiaulin – en plus de ravaler sa fierté – de lui donner trois sous pour boire. Pour boire et pour se taire.

D'ailleurs, pilier de cabaret ou personne rangée ne pense guère différemment.

L'hiver, aux veillées, même les femmes ont le droit de donner leur point de vue aux hommes, en supplément aux bavardages de lavoir où elles ne traînent plus guère, à cause du froid.

On est en février, on se demande s'il finira cet hiver mou et pluvieux qui vient enfin de semer de la neige – pas épais remarque : on soulève en marchant une petite plaque collée sous le plat du sabot, avec du gravier et des débris par-dessous. On passe le temps comme on peut, aux environs de la Chand'leur.

Les veillées, c'est les noix à casser pour les porter chez l'huilier, ou encore les paniers, panières et autres bourolles[1] à tresser, bien sûr. Mais c'est surtout des langues agiles sur des corps qui s'économisent en s'écartant ou en se rapprochant du feu de

1. Bourolle : récipient en paille tressée liée par de la ronce refendue.

cheminée, selon la façon dont il vous chauffe et selon vos rhumatismes à soigner.

Pour les uns, Simon – cet incendie, était-ce bien lui qui l'avait allumé ? Est-ce que ça ne pouvait pas être un de ces avinés venus l'attaquer ? Ou même un accident comme avaient conclu les gendarmes ? –, c'était un bon gars. Même s'il l'a fait.

Oui, même… Excusable. Aveuglé par l'amour, avec pour seul tort de s'être mis en travers du chemin de ces Thiaulin marqués de ce noir coup de pied du Diable qui les pousse à se détruire dès qu'ils sont arrivés à l'âge où le commun des mortels se met enfin à voir le monde plus sainement.

Pour les autres – surtout les femmes – ce Simon connaîtrait des manigances pour s'emparer de l'amour des filles ; et c'est bien connu que les charpentiers qui « en dévorent » et disent des messes à l'envers sont bien plus malins que n'importe quel sorcier.

Alors pour eux, la vie du Thiaulin marquée par son mauvais destin s'est heurtée contre quelque chose qui lui résistait ; et c'est ça, plus que les étincelles d'un briquet qui a dû allumer l'incendie de la Métairie Neuve, dont on sent encore l'odeur, presque six mois après, quand la venue de la nuit réchauffe un peu l'air en coupant les pattes aux brises contradictoires de cette saison bâtarde, où l'hiver porte l'œuf du printemps sous sa maigre couette d'un blanc sale.

Il y a aussi les gens qui restent chez eux : le manque d'envie de voir qui que ce soit, ou bien à cause de la maladie qu'on espère voir guérir au printemps.

Comme c'est le cas de l'Adrien.

Il a pourtant été soigné du mauvais coup donné par son mauvais parent de Thiaulin. D'abord par la Goupille, qui, sans être rebouteuse, s'y entend en herbes et surtout en formules de pansage. Et, tous les soirs sur un billot de bois, sur ses indications, il broie à la serpe plus d'une livre de lierre terrestre – pas facile à trouver en cette saison.

L'odeur empeste les draps et prend au nez et à la gorge. Sa femme ne risque pas de s'enrhumer !

D'ailleurs elle dort aussi mal que lui. C'est la huitième fois qu'il se retourne dans le lit en moins d'une heure. Elle les a comptées.

Il se sent le bas-ventre comme pris dans du plomb fondu.

Il s'endort enfin, et rêve en cauchemar d'une étable où des vaches sombres et brillantes comme de la suie bondissent sous un ciel de foin embrasé qui les écrase. Et leur ventre gonfle, gonfle, puis éclate en faisant écrouler les murs. Il y a un ventre qui bouche la fenêtre et s'imprime sur les barreaux en renflant vers l'extérieur. Adrien se réveille encore et se plaint à sa femme, qui se plaint aussi de ne pas dormir (mais pas trop fort, car l'Adrien est un tel vaurien qu'il saurait faire regretter les mots de trop)… Quand il ira mieux, s'il va mieux un jour !

Peut-on savoir ce qu'elle lui souhaite, au juste, cette femme qui a trouvé des misères bien solides dans le mariage, avec leurs ombres de bonheur bien trop pâles, comme celle de la pauvre vaisselle dans la cuisine, où la fenêtre est si petite sur la ruelle mitoyenne de chez Botte d'Oignons.

Adrien est bien réveillé maintenant. Il marche en boitillant dans la chambre où le jour aigre comme du petit lait filtre ses prémices à travers les lames du volet.

Il lui en souhaite, à son cousin le Thiaulin, des : « Et tu finiras bien par te brancher comme les autres ! » et des : « Ne compte pas sur moi pour te dépendre ! » et encore : « Je vendrai ta corde par petits bouts à la foire de la Saint-Jean d'été ! », et tout et tout, si bien qu'à la longue sa pauvre femme lui demande à mi-voix de bien vouloir se surveiller et ne pas tenter le Ciel ou l'Enfer, « pas si fort, pas à ce point. » Puis, résignée, elle se signe chaque fois qu'il voue au diable son sacré Thiaulin de cousin qui lui a si méchamment tapé du pied dans le ventre : « Tout ça pour cette salope de fille et ce gueux de Simon… Celui-là les a bien roulés en se sauvant pendant qu'il leur laissait en cadeau d'adieu l'incendie à éteindre… »

Car pour l'Adrien, ça ne fait pas de doute que ce soit Simon. À moins que le Thiaulin, que ça arrange si bien…

« Faut pas dire des choses comme ça ! » déclare encore sa femme ; et, en se signant pour la centième fois peut-être, le bras lui tombe tandis qu'elle s'endort et que l'Adrien gagne l'étable et s'adosse à une botte de paille, les pieds calés au bord du caniveau où s'écoule le purin, car il ne peut se reposer – un peu – qu'en position quasi assise, position qu'il est obligé d'adopter même pour faire ses besoins.

« Comme les bêtes ! jure-t-il en lui-même, me voilà comme les bêtes ! »

La Thiauline n'a plus guère à s'en faire ; elle est bien heureuse selon les uns ; il n'y a pas plus malheureuse, selon les autres ; autant de sons de cloches que de clochers !

En tout cas elle a été prise de langueur avec les premières averses de mars. On ne s'en est pas aperçu tout de suite parce qu'elle n'a jamais été forte ; et de plus, peu de temps après l'arrivée de la Lirette, elle a un peu grossi.

Et puis sa nouvelle domestique a la mine si gentiment honnête et les yeux baissés à tout propos

– même parfois la larme à l'œil – que la Thiauline n'est pas loin de croire que tout ce que ses bonnes voisines lui ont rapporté ne sont que des racontars. Bien sûr, son Thiaulin la délaisse carrément : elle n'a même plus droit au besognage du dimanche où son crapaud mâle jette son venin dans sa messe d'amour à l'envers. Elle ne s'en plaint pas ; bien au contraire !

Elles en sont arrivées à faire mieux que de bien se supporter, et les vieilles ricanent un sourire raide en passant devant le banc où les deux femmes prennent le soleil vers les trois heures, en mêlant les premières fusettes de printemps aux mailles de leurs ravaudages.

Les jeunes filles aussi ricanent en gloussant à hauts cris de loin, et les gars s'en paillardent l'âme devant les pots de vin.

Ils ont tort : jamais la Thiauline n'a été si heureuse. Vraiment. D'ailleurs, la Lirette s'est prise d'un noir dégoût pour Thiaulin, ce qui la pousse de plus en plus souvent à se barricader dans sa soupente, maintenant qu'elle commence à surmonter sa grand-peur. Elle se sent même comme délivrée, depuis la mort de la Mélanie. Délivrée, oui, de toutes les mesquineries qu'elle a supportées avec, répétée, remâchée par la vieille mère, la grande excuse de la misère ; c'était sans cesse des :

« Il nous aime bien ce gars…

– Sa pauv'femme n'est guère forte. Retiens-le ! Un jour il te mariera. C'est comme s'il t'était promis.

– Voudrais-tu voir ta pauv'mère à traîner misère de nouveau ?

– T'es bien orgueilleuse, ma fille ; lui l'est moins que toi, qui délaisse son chez-lui parce qu'il t'aime. »

Délivrée, oui, et plus : vidée d'un mauvais abcès et emplie de fraîcheur, d'odeur de saules en fleur et de muscles aussi neufs que ceux d'un oisillon. Jamais non plus la Lirette n'a été si heureuse, vraiment. Elles sont restées assises à causer, à sourire aux mêmes bûches, tant que l'hiver finissant a imposé ses lois froides qui obligent les gens à gratter plus profond les instants doux pour y trouver leur bonheur, en resserrant les gestes d'amour protecteur sur les deux enfants de la Thiauline.

Et puis on a eu les chaises tirées dehors dans les soirs des journées trop chaudes et trop remplies de travail.

Cela a duré deux années pleines et le surplus même : un bout de printemps mou comme de la layette.

Et ces choses de la vie sont tellement incroyables que tout le village a continué à plaindre, à décrier ou à ricaner, mais par habitude, surtout ; tout comme les chiens, qui hurlent aux sons des cloches, en confondant les sonneries des baptêmes avec celles des enterrements.

Il faut dire aussi que la Thiauline n'est pas douillette ; déjà à la naissance de ses enfants, aucune des vieilles soigneuses du village n'a pu se vanter de l'avoir entendue geindre.

Simplement, petit à petit, ses gestes sont devenus plus lents sur un corps de plus en plus lourd et flasque, et, surtout, elle parle de moins en moins, sourit de plus en plus pour éviter de répondre à des questions qu'elle comprend mal, dans des conversations qu'elle n'arrive pas à suivre, en perdant toute mémoire des choses, des gens et des objets.

Pour la mort de la Thiauline, la Lirette lui a tenu la main jusqu'au bout et a recueilli son dernier sourire. Elle a fait ce qu'elle n'a même pas eu envie de faire pour sa mère : elle a pleuré.

Comme c'est la coutume – et le contraire serait mal vu –, après l'enterrement de la Thiauline, les porteurs et tout le cortège se sont donné du bon temps à l'auberge.

Thiaulin a demandé qu'on les soigne bien et qu'on porte tout sur la note à lui présenter ; il a surtout recommandé de ne laisser personne payer quoi que ce soit.

Il a eu de la gueule, cet enterrement, et Thiaulin en serait bien réjoui s'il ne se mettait à regretter un peu sa femme, qui savait si bien tenir la place silencieuse des ménagères de chez nous, qui sont l'âme de la maison, qu'on a l'habitude de voir marcher, comme on compte sur la serrure qui ouvre la porte et dont on ne se rappelle l'existence et l'utilité que lorsqu'elle se détraque et n'accepte plus la clef pour laquelle elle était si bien faite.

D'ailleurs il n'a pas contredit quand la Lirette s'est emparé d'un râteau qui restera au cimetière pour parer la tombe et les allées d'alentour. Sur la tombe de sa mère elle donne aussi un coup à peine plus léger à la butte, qui s'effondre en sapant la croix de bois : sans doute le cercueil qui s'est écrasé au-dessous.

XXVII

Double deuil

THIAULIN A CONDUIT LES ENFANTS chez les parents de sa femme, avant l'enterrement, pour quelques jours.

« C'est le chagrin de mes petiots – comme il l'a dit à tout un chacun – qui me fera le plus de mal », se plaît-il à répéter comme pour s'en convaincre mieux.

L'enterrement était jeudi. Et lui, dès le surlendemain, il a attelé la carriole et est descendu à La Châtre, tout de suite, voir le notaire. Parce que demain c'est dimanche et qu'il vaut mieux tout régler au plus vite, surtout que la vigne de

Beauregard – celle qui ne grêle pas –, elle lui vient du côté de sa femme, et que jamais, bien sûr, son beau-père, qui l'avait mise en cadeau de noce, n'a voulu faire de papiers, ce qui fait que, à bien regarder au fond des choses, elle n'était pas entièrement à eux. Et juste comme il arrive toujours quand on a des soucis en tête, en attelant, la bricole qui casse ! Presque une heure de perdue à réparer !

Et un temps si chaud depuis deux jours que les cailloux dans les vignes brûlent la corne des pieds et qu'on doit mettre des sabots !

Enfin la côte du Village-aux-Noirs, enfoncée dans son grès sourceux !

Elle l'ombrage un long moment ; le cheval tire en allongeant le cou, à grandes enjambées bien balancées.

L'impression d'être dans une cruche d'eau fraîche : ce sont les noisetiers, déjà en chatons, sous lesquels il faut se baisser. L'envie brusque de rigolade au milieu du pollen fumant. Une trille de merle. Au-dessus, dans les vignes, un coup venu d'un silex qui éclate sous une pioche lancée à la volée, tenue sans doute avec légèreté par le bout du manche, et Thiaulin sourit : « C'est sans doute le gars à Gamineau. » Gamineau, c'est de lui qu'on disait qu'il y allait si bon train à biner la vigne tout en décrottant sous les ceps, qu'il voit un jour un gros ver blanc qui se tortille entre deux mottes. Il lève la tranche et ran ! han ! Il se tranche net le petit doigt de pied, en grognant : « Il y en a cette année de cette saloperie de vermine ! »

« Ho Gamineau ! Elle pousse un peu ?

– Faut le tout », dit l'autre en redressant sa tête noire de diable chevelu parmi les bois punaises à tiges rouges de la bouchure.

L'on dirait un de ces hommes croisés de bouc qui soutiennent les corniches des églises.

« Veux-tu boire un coup au baril ? » qu'il ajoute, le Gamineau. Bien donnant qu'il est. Pas comme son idiot de père !

« Sans descendre, en ce cas… Si tu peux me le tendre avec la cordelière… »

Et pendant que le cheval bave vers le trèfle blanc du talus au travers de sa muselière grillagée, Thiaulin dirige le filet de vin dans tous les recoins de sa gorge.

« Ça fait du bien là où que ça passe !

– C'est vrai, proclame Gamineau, on dirait que l'enfant de Marie te goutte dans l'gosier.

– Ah vieux salaud ! J'm'en vais continuer sur La Châtre essayer de régler les affaires au plut tôt.

– Ah les affaires ! branle l'autre de la tête, l'air entendu.

– C'est toujours mieux quand c'est réglé : plus tôt on est débarrassé de ces chinoiseries, mieux ça vaut !

– Je remets mon chapeau », dit le Gamineau, toujours poli et respectueux. Pas comme son père. Ah non ! « C'est un temps à prendre un coup de soleil.

– C'est vrai qu'il tape dur, le frère ; mais tu vois, dit Thiaulin, moi, les chapeaux, je ne les supporte pas.

– T'as assez de tes poils pardi.

– À revoir et merci en attendant.

– À la revoyure, Gamineau. »

Ça veut dire que ce rince-gosier sera rendu, en dix fois plus sans doute, chez la Toinon.

Les mouches énervent sa bête qui tire vite la petite voiture jusqu'à La Châtre car c'est tout plat devant et le chemin, déjà bien ferré, est pavé maintenant, car on est sur la nouvelle route de Guéret.

L'hôtel du Bœuf lui fait un clin d'œil avec ses volets entrebâillés.

Il y a des filles derrière. Ça lui ferait du bien d'oublier ce qui lui arrive.

Mais il se le jure : en revenant, oui, pas maintenant ; ces notaires c'est tellement tordu d'esprit… Et il sait aussi que ce vin des auberges de ville a des traîtrises qui sont inconnues de la part du vrai vin de vigne qu'on boit dans les campagnes.

Et puis, sous les manchons au gaz, qui brûlent même en plein jour à l'hôtel du Bœuf, il n'a pas la même couleur ni le même goût : on peut en boire une bouteille – et à quel prix ! – sans être désaltéré, de ce champagne.

« Plus on en boit, plus on a soif », dit Botte d'Oignons quand il en parle.

Et, en attachant son cheval au dernier marronnier d'Inde, au coin du marché aux châtaignes, il pense avec attendrissement au jour où Botte d'Oignons, moins vieux qu'aujourd'hui, l'a amené, lui, le petit apprenti – « le p'tit maître », comme il disait –, « voir des dames de la ville » dans une jolie petite chambre de l'hôtel du Bœuf.

Il est d'esprit tordu ce notaire, comme tous. Mais, du moins, lui, il dit les choses comme elles sont.

Pas aussi tordu, pourtant, que le père de la Thiauline, qui a décidé de reprendre son bien pour qu'il ne passe qu'à sa petite-fille.

Le notaire l'a expliqué posément, sans lunettes : preuve qu'il savait bien sa leçon !

« Mais pourquoi donc ? Pourquoi donc ? Pourquoi donc ? », demandait sans cesse Thiaulin, les yeux perdus à réfléchir comme ceux d'un chat qui s'accroupit dans la cendre encore chaude.

« Il a parlé de votre conduite, ajoute le notaire, mais ce ne sont pas là mes affaires, mon bon monsieur, et il se fait tard ! Si vous voulez revenir signer à la fin de la semaine prochaine pour le reste, là, pas de problème, puisque vous étiez “au dernier vivant l’un de l’autre”.

– C’est pas tout ça, insiste Thiaulin, cette vigne, cette année j’y ai déjà fait des façons : je l’ai buttée, débuttée, décrottée et taillée.

– Pour cette année vous ramasserez bien sûr la vendange. Vous n’en êtes dessaisi qu’après.

– C’est pas tout ça, j’ai aussi fait monter un joli petit cabinet de vigne – il en pleure à l’intérieur, la langue toute mouillée à la racine ! – avec deux vraies fenêtres vitrées et une porte à serrure, et couvert en tuiles, avec un échenal et une citerne qui peut se fermer au cadenas pour faire la bouillie bordelaise ! Toute en zinc la citerne ! Avec une remisette à outils au-dessous ! et…

– Vous pouvez reprendre vos matériaux. Le bailleur gracieux, le père de votre femme je veux dire, m’en a parlé et ne veut pas racheter.

– Le démolir ! Démolir mon cabinet de Beauregard !

– À moins que le prix soit raisonnable, m’a-t-il dit, pas plus de vingt.

– Ah bien mais ! il le veut pour rien – comment vous l’avez appelé ? – le gracieux… bailleur gracieux ! Eh bien c’est pas à vendre pardi, oui, ça peut se démolir et se remonter ailleurs. S’il veut de l’eau, il faudra qu’il en charrie dans de vieux fûts, tout son saoul, en s'échinant depuis le gué des Ossans. Il en crèvera peut-être, c'te sale bestiau ! »

À ces mots un sourire monte aux lèvres du notaire : évoquer un mort, c'est comme si on lui souhaitait de faire de bonnes affaires ! Mais il corrige quand même – l'habitude – :

« Ne vous faites donc pas plus méchant que vous n'l'êtes… »

On le deviendrait à entendre pareilles sornettes…

C'est pourquoi depuis ce jour Thiaulin échafaude les pires manières de se débarrasser de son beau-père ou de s'en venger. Tout y passe, au travers de sa tête, dont les joues s'empourprent plus que jamais. Il a un peu maigri, mais les deux pommettes restent rondes : on dirait deux de ces pommes à cidre à goût de muscat. Tu sais bien, celles qui ont la couleur du vin de Bordeaux.

Elles brillent un peu plus quand il pense au goût immodéré du vieux singe pour les champignons… Il lui en cueillerait bien certains bien vireux, lui, Thiaulin… Il irait même jusqu'à les lui fricasser à la graisse d'oie, mais avec ail et ciguë en garniture, au bailleur « gracieux » !

Il y a aussi le puits, pendant qu'il tire l'eau… et même l'accident de chasse…

Cette vigne qu'on va lui retirer, sa vigne qu'on va lui voler !

L'idée lui en revient sans cesse, comme une guêpe à la fenêtre, et le rend malade. Avec un désir fou de la conserver.

Il l'a bien méritée, à vivre et à coucher avec sa Thiauline, qui ne bougeait pas plus au lit que la souche de bois où on visse les tarières pour les garer dans l'atelier !

Pour amadouer la belle-mère, il a même proposé lui-même que les enfants restent encore un peu à Sarzay chez leurs grands-parents.

Cette vigne, en plein rapport grâce à ses recépages et ces nouveaux plants de raisin greffé sur vigne américaine qui ne craint pas le phylloxéra !

Un tonnelier est d'abord un vigneron !

Qui donnerait son crédit à un tonnelier incapable de produire son vin ?

Pour lui, qui en vend plus de trois grosses tonnes de neuf cents litres tous les ans aux meilleures auberges, c'est une cruauté de se voir privé du plaisir de guetter les envieux qui regardent passer les foudres des marchands de vin tirés par deux chevaux en flèche – à cause de la montée du May à la sortie du Village-aux-Noirs.

Et, comble de malchance, l'autre vigne, aux Pierrettes, qui ne donne plus grand-chose depuis que Simon y a fait ses tours de sorcier !

C'est un désastre de l'âme, cette perte, cette vigne. Sa vigne. Un deuil.

Résultat, il s'attable de plus en plus fréquemment chez le Bastien à la Toinon. À tous les soiffards en quête de se faire payer un coup, il conte tous ses malheurs, comme il dit.

Bien sûr il commence en parlant de sa femme, puis viennent les enfants qu'il a fallu laisser chez les vieux faiseurs de grimaces, ses beaux-parents. Eenfin quand il est prêt à rouler, la langue empâtée, il en arrive à parler de la vigne de Beauregard, qui est sa vraie raison, sa plus grande raison, de boire jusqu'à rouler par terre.

Le Bastien à la Toinon le met dehors à ce moment-là, en général juste quand il raconte les vendanges de 1872 où, venue soudain d'un seul gros nuage noir à ventre de vache apparu dans un ciel bleu avec un soleil brillant comme l'assiette, la grêle avait tout dévasté alentour, épargnant seulement sa vigne, qui n'avait reçu qu'une petite ondée propre seulement à nettoyer les grains secs et la pourriture des grappes.

XXVIII

Sa vigne à lui

Cette vigne est devenue pour lui aussi indispensable que peut l'être la petite église du Magny pour le curé Brévin, qu'on a envoyé en retraite ou en punition dans une maisonnette du bas du bourg.

Thiaulin a pris l'habitude de monter souvent à Beauregard pour la travailler. Seul. Car il a remercié les ouvriers et l'apprenti. « Pour l'instant. Le temps de me retourner. Plus tard, on verra… » Il a décidé de faire comme si rien ne s'était passé, ni beau-père ni notaire, rien. Il part dès le petit matin, l'herbe de rosée glissant sur ses sabots.

En passant le pont, il regarde la couleur de l'eau, en bas, pour savoir le temps qu'il va faire. Puis il grimpe sur le coteau. Il y reste la journée entière.

Il est de retour presque à la nuit noire, pour manger la soupe que la Lirette lui a faite avant de disparaître on ne sait où. Elle parle de veillées avec des vieilles du bourg. Et même du curé – le nouveau ou le vieux ? – et deux trois pincées de bigotes déposées autour d'un feu de cheminée par Dieu ou le Diable pour dire du mal des gens.

Lui, dans la grande bâtisse toute vide et pleine d'écho, il se réchauffe aux dernières braises parce que la fraîcheur des soirs de petit printemps lui est tombée sur les épaules quand il est passé par le raccourci des prés à travers les brumes de la vallée.

Mais la belle saison sera bientôt là et, comme chaque jour, à midi, il étalera ses provisions sur le banc du pignon de son cabinet de vigne, dans la découpe d'ombre triangulaire, et il pourra mâcher tranquillement ce mélange fait d'odeur de terre, de verdure et de cuisine, en arrosant chaque bouchée d'un coup de vin. Après le fromage et son quignon frotté d'ail, il se lève, les cuisses brûlantes tout à coup au contact du drap de son pantalon chauffé par le soleil. Il gagne les ceps sous lesquels il sait les grosses fraises de mai et juin, dont il écrase le parfum chaud avec le pouce sur une tartine mince de pain un peu dur et, en laissant ce gâteau lui fondre sous la langue, il chatouille de l'ongle les grains déjà bien formés.

Plus tard, en août, il se dit : « Ils blessent au bon moment, ils seront bientôt pleins de jus. Et, si ce soleil dure tout l'été, avec la bonne fraîcheur des nuits de fin d'été pour les fignoler et les aider à mûrir, ce sera une vraie bénédiction, cette vendange. »

Il se console ainsi de sa vigne des Pierrettes, que « l'autre » a saccagée avec ses sortilèges et qu'il ne remettra pas en état avant trois ans peut-être – pourquoi pas ? –, car elle redémarre du pied, malgré tout.

Ensuite il se donne ferme au travail jusqu'au soir, et s'arrose fréquemment avec le petit baril mis au frais au cœur d'un fagot plongé dans la citerne.

On ne trouverait pas un brin d'herbe dans la vigne.

Comme il se doute bien que le vieux, quand il l'aura reprise, ne pourra pas et ne saura pas s'y donner de grand-cœur comme lui, il s'y acharne pour qu'on puisse dire que son beau-père ne le vaut pas comme vigneron.

D'ailleurs il en vient à l'oublier, cette bêtise de notaire : « Est-ce qu'on reprend une vigne à quelqu'un qui la soigne comme il le fait, lui, Thiaulin ? »

N'y a-t-il pas une justice dans ce pays ou au Ciel ? Nom de Dieu ! Quoi ! Merde !

XXIX

Cette courroie tendue depuis le ciel

Septembre a déjà fait un peu de route en enlevant ou en remettant vingt fois son capuchon.

Mais les raisins n'ont pas éclaté sous les averses d'orage, ce qui arrive parfois quand le soleil chauffe aussitôt pour en préparer d'autres.

Ce samedi soir il a sarclé la dernière « hommée[1] », et les raisins un peu dégagés par d'artistiques coups de cisailles attirent de force les

1. Hommée : superficie qu'un homme pouvait travailler en une journée (une dizaine d'ares).

regards vers leurs grains noirs qui s'amollissent comme des prunelles après les premières gelées.

Il s'arrête au bout, près des osiers de vigne, pour admirer le sol ratissé comme une allée de cimetière et il décide de finir le baril là, doucement allongé à l'ombre de ces arbustes nains et « têteaux[1] » dont on coupe les tiges chaque année pour, avec ces « oisiles », tresser des paniers, durant l'hiver.

Alors, cessant de prêter attention au travail fait ou à faire, il se met à tourner et retourner dans sa tête l'idée que ces raisins seront les derniers qu'il ramassera ici. Il décide, dans sa cervelle déjà à moitié emportée par le vin, qu'il ira voir le beau-père et fera une proposition qui devrait lui plaire : à savoir de renvoyer la Lirette en jurant, s'il le faut sur la tête de ses enfants, de ne plus jamais la regarder. Car il se dit que ça ne peut être que ça, ces histoires avec cette fille, qui l'a ainsi remonté contre lui.

Cette idée, qu'il n'a jamais osé effleurer, lui paraît maintenant aussi souriante que les lignes roses et vertes que le ciel vient de poser sur le soleil, qui se couche sur le bois-Moret en mettant son éclairage du côté « douceur tamisée pour yeux fragiles », comme on lit dans le *Petit Journal*, en réclame pour les manchons de lampes à gaz.

---

1. Têteaux (ou têtards) : arbres taillés de manière à former une tête feuillue.

La douceur du soir d'août et le vrai vin de vigne, en alliance avec des idées sûres et gaies, rien ne va mieux ensemble. Quand il attelle il doit s'accrocher à la jument, qui lève doucement ses sabots pour ne pas lui écraser les siens.

Quand il a fini de grimper la côte, à pied, se tenant à la bride, il se trouve soudain en plein soleil.

Il pense à nouveau à son beau-père.

Pas aussi gentiment que tout à l'heure : il l'imagine qui crève de faim et qui le supplie de l'employer pour décrotter la vigne ! Alors, devant les voisins, l'ayant mis à l'essai, lui, Thiaulin, lui fait une aumône et le renvoie chez lui, « parce que, du travail pareil ce n'est pas même présentable pour un gamin de douze ans ».

Par moments il vérifie le panier de gamay noir qu'il rapporte à la maison, mais, par deux fois, il s'écrase la main dedans, dans les cahots ; et il s'en barbouille le visage en voulant se relever les cheveux.

L'ombre d'un noyer, si épaisse qu'on aurait pu y nager, lui donne l'idée, aussitôt exécutée, de s'accrocher à la carriole et – savoir pourquoi – de lancer son chapeau dans la bouchure voisine.

Puis il réussit à saisir le fouet pour cingler le gras de sa feignante de jument qui s'endort dans la dernière côte, devant le cimetière.

Il l'appelle du surnom de son beau-père :

« Vieux Perdrix, savoir si je ne vais pas te faire aller droit, moi ? Les quat'pattes à cheval sur le sillon, savoir ? Et prends ça ! »

Il s'imagine qu'il laboure avec un cheval ayant la tête du beau-père. C'est un plaisir comme un grain chaud sous la langue… Mieux ! comme du vin au cassis, ou un vin blanc fraisé à l'hôtel du Bœuf.

Mais les bons moments ont tous une fin, comme les barils, qu'on peut croire un moment inépuisables, jusqu'à la dernière goutte léchée sur le goût du bois de la bonde.

Et Thiaulin s'est laissé emporter après avoir grimpé avec peine sur la carriole, en s'aidant des barres de la roue et en jurant à l'adresse de la jument pour qu'elle ne bouge pas d'une patte : « Pas d'une patte, tu entends, bête vicieuse ! »

Ils arriveront, cette fois encore, car « elle connaît la route qui mène à son écurie », comme ont dit.

Il s'arrêtera sans doute à l'atelier où la Lirette a posé une écuelle de soupe sur le poêle à brûler les copeaux.

S'il a assez de force il ira tambouriner à la porte de leur chambre, où elle se barricade, « pour que tu ne dégueules pas partout ! », qu'elle lui dit comme excuse le lendemain.

D'ailleurs, la maligne veille à poser tout près une bouteille pleine, qu'il ne tarde pas à trouver à tâtons dans le coin du couloir, même s'il n'y a guère de lune derrière le croisillon de l'œil-de-bœuf.

Il dormira là, comme un chien mort devant la porte de sa maîtresse, avec des blancheurs lunaires sur sa peau de rouquin.

Il faut y regarder à deux fois pour reconnaître le Thiaulin d'il y a quelques années. Celui-là, on voyait qu'il mordait dans la vie avec des dents longues et loin derrière les lèvres minces. Guère portées à sourire, les lèvres, serrées sur l'air d'alentour qu'il croyait réchauffer de son grand corps sanguin avec, dans la couleur des poils, des reflets qui disaient le désir de se le garder pour soi, cet air. Ce qui le rendait tout hérissé par la seule crainte d'en faire trop profiter les autres.

Il a bien changé. Mais en apparence seulement. Car s'il paye à boire volontiers chez la Toinon, c'est pour garder autour de lui un petit groupe d'admirateurs et, en tout premier, Botte d'Oignons et Padou. Avec le Bastien à la Toinon, bien sûr, qui s'en fiche bien de la qualité de cette compagnie. Pourvu que ça lui fasse du bien, au gosier et à la bourse !

Dans l'air orageux d'où naissent les mouches, la jument reconduit Thiaulin comme elle le fait chaque fois qu'il est complètement saoul.

Il lui a tout de même appris, dans un reste d'amour propre, à contourner le bourg en passant par le Chemin creux.

Elle laisse pendre ses pattes dessous son arrière-train pesant. Chaque fois, les cuisses en déplacent un morceau qui tremble un peu. Le cou en s'abaissant se tord légèrement. La tête qui se relève se secoue d'un frisson sec qui lui porte cette électricité jusqu'au bout des oreilles. C'est à cause des mouches ; celles-là, quelle engeance ! Elles le piquent partout lui aussi, mais la jument, c'est pire : on dirait qu'elles lui sortent de la peau sous les courroies noires toutes embaumées de sueur sucrée.

Il s'en écrase quelques-unes sous le cuir quand les muscles gonflent et, chaque fois, on croit en voir cinq ou six au moins qui sortent du corps de leur mère écrabouillée. Thiaulin les voit naître aussi bien qu'il les voit mourir : sa pensée en est piquetée de points noirs, elle-aussi, ruinée comme la boule vermoulue du vieux jeu de quilles derrière l'auberge.

Elles perlent partout en rosée noire sur la bête qui, alternativement, s'agace et se résigne.

Sûrement aussi comme la grasse bête galeuse qui est la Terre, qui est le Monde, qui doit s'agacer ainsi, puis se résigner, avant de se résoudre de nouveau à porter ces hommes qui la picochent, la dévorent, lui sucent le sang comme des mouches.

« Oui, on est vraiment comme des mouches et on n'attend que le moment de sucer le sang ou d'être écrabouillé sous la courroie noire… comme à la guerre ou dans les épidémies, quand la Bête du Monde se révolte… »

Le ciel s'est couvert d'un glaucome entrevu du fond d'un œil malade. Les mouches l'ont senti : elles volent moins follement et se gorgent de sang comme nous de vin chaud quand l'hiver nous promène ses doigts froids à même les os quand on est très vieux, ou même entre chair et peau dans l'âge mûr quand on sent venir les misères, les maladies et les tempêtes déjà mordantes et actives, pour essayer de nous jeter à bas ; pour nous digérer comme un grand arbre le sera par ses rejets qu'il nourrit avec le jus de ses propres feuilles pourries.

Thiaulin, à penser ces bêtises, prend une seconde ivresse véritablement plus mauvaise que la première, due au vin, et ça commence à le faire se balancer avec plus d'amplitude entre les ridelles qu'il agrippe à tour de rôle : main gauche, main droite, tenant fermement ou crochetant l'air, selon les cahots. Tu vois le tableau : l'air plus saoul qu'il ne l'est réellement, peut-être ?

Il s'aperçoit enfin qu'il est à genoux, entièrement débraguetté, et qu'il a arrosé tout autour sur la poussière des anciennes moissons. Il se met debout en s'aidant des mains levées derrière son dos. Son long corps vacillant se cale contre la ridelle tandis que, dans ses doigts de pied, le sang recommence à fourrager, parce que ses sabots le font glisser sur le plancher dans le balancement du corps au passage des ornières.

Ce balancement est assez régulier, presque rythmé ; mais, pour les gorgées de vin frais qu'il tète à sa gourde, il faut, pour arriver à boire, qu'il s'accroche par les yeux au ciel barbouillé de jus de sureau et de toutes sortes de fruits que lèche le soleil couchant.

C'est alors qu'il a basculé, le ciel, quand ça a craqué dans la tête de Thiaulin, plus fort que le chêne qu'il abattait un beau jour d'un bel hiver de froid sec, et qui l'a coincé en lui cassant un bras.

Il avait poussé de tout son corps, comme aujourd'hui, pour faire basculer l'énorme piège et se dégager. Il gueule pareillement quand la roue s'avance vers lui. Il s'est mis tout rond, en se tirant de côté un grand coup.

Le bandage en fer est arrivé sur sa jambe comme une grande courroie pendant du haut du ciel, et il l'a serré sur la terre.

Comme pour une mouche.

Le sang refoulé l'a fait s'évanouir.

Il bat un bras léger, comme une aile de mouche.

La jument a continué vers Le Magny, en pesant intelligemment ses pas dans la descente vers les Ossans parce que la mécanique de frein n'a pas été serrée.

C'est la Lirette et deux vieilles qui l'ont trouvé, vingt minutes plus tard, tout jaune sous les lanternes aveugles, parfaitement réveillé et dessaoulé par la fraîcheur du soir, mais les yeux pleins de fièvre blanche et luisante.

Le docteur n'arrivera que sur les onze heures. En attendant, des femmes lui bassinent les tempes et resserrent le bandage à la jambe. Ça ne saigne presque plus autour des deux os qui pointent en blanc dans la chair mâchée jusqu'au violet. Parmi les femmes la Lirette fait sa maîtresse de maison. Elle a offert la goutte de cassis, et on en a donné aussi à Thiaulin, qui en a repris trois petits verres à liqueur.

« Il boitera sûrement. »

Le docteur allume à une braise sa pipe qu'il mordille plus vite.

« … Il boitera sûrement, et bien beau s'il ne faut pas couper la jambe ! Il faudra faire exactement comme je vous dirai et ne pas ménager l'alcool. Vous avez de l'eau-de-vie bien sûr ? Alors, voilà… »

Et surtout tout bien propre. Pas de chaleur. Pas de poussière. Pas de mouches.

À quatre heures, le lendemain soir, la Lirette lui refait le premier pansement et commande à la fille de douze ans que le Vieux Perdrix a laissée venir aux nouvelles d'aller jeter la vieille bande dans les tisons.

« On y sacrifiera un drap s'il le faut, pour les bandages, mais ce sera fait proprement, déclare la Lirette, qui s'installe encore plus en maîtresse femme. Elle ajoute :

– Toi tu retournes chez le grand-père et tu lui dis que ça va bien ici. Dis-lui que je le soigne et que je veille à tout. »

Thiaulin soudain réveillé lui sourit et regarde briller le feu. Puis il se durcit le menton dans sa douleur battant au rythme de la pendule…

Il retrouve des airs du Thiaulin d'avant. D'avant tout ça.

D'avant qu'on dérange les brins de sable du vieux mur.

Il se dit qu'on aurait peut-être été mieux servi avec un rebouteux, plutôt qu'avec ce docteur de La Châtre.

Mais il garde ça pour lui. Il craint que la Lirette ne lui fasse encore remarquer son âge, et combien il peut être vieux jeu, quand il se laisse aller.

XXX

Vivre ! Aimer, boire et chanter !

La Lirette. C'est elle qui a dirigé les vendanges et a fait demander à La Châtre, pour vendre le vin. Tout le monde, selon son état dans la maison, lui dit Madame ou Maîtresse long comme le bras ! Et cela avant que l'hiver se soit même à demi installé dans les chutes de ces neiges à demi fondues qui sont fréquentes vers la mi-janvier.

Thiaulin va mieux. Thiaulin va en boitillant sur une jambe et, comme ça, pas vite mais bien régulièrement, tous les jours aux mêmes heures, il se rend au bistrot.

Il ne peut pas aller plus loin – qu'il dit – à cause de sa mauvaise jambe et des deux béquilles qu'on a taillées dans du bois de charme ; surtout les jours où la terre de la place, mal dégelée, reste glissante.

Jusqu'à ces jours-ci, il allait de sa chambre à la pièce, et de la pièce au cellier accolé à l'atelier. Il soignait le vin, ouillant les fûts, bien jusqu'à la bonde, et gardant pour lui le surplus. Faisant le soutirage avec un de ces nouveaux tuyaux, quasi incassables, en caoutchouc jamais percé, qui viennent de remplacer ceux en fibres et bitume.

Et en ce moment il gèle presque tous les jours – ou plus exactement toutes les nuits – car la lune est pleine. Les peaux d'oignons du verglas ne tombent pas jusqu'au sol : elles restent en halo autour de la lune. C'est bien heureux pour les éclopés, jeunes ou vieux, car les chemins du village sont bien mal empierrés.

Il y a des gens qui lui en font la remarque. Il s'en fout : il ne se présentera pas de nouveau aux élections.

Pendant ce temps au logis, la Lirette pousse de grands rires avec les deux enfants de Thiaulin, qui sont venus passer quinze jours. Le nouveau compagnon, un homme du Midi, qu'on appelle « l'Italien » et qui parle « comme ça en chantant », fait sauter le petit garçon jusqu'aux solives et le rattrape à bout de bras. Il repose l'enfant étouffé de rire et lui chasse le hoquet en lui appuyant sur le « bréchet », comme il dit.

La petite fille joue avec la Lirette, pour gagner une pomme, à la faire rouler, serrée entre leurs fronts, tout au long du nez jusqu'à la bouche qui mordra la première.

L'Italien en blaguant veut essayer, de même avec la Lirette, tandis que les deux enfants s'enfouissent, comme nageant, dans le tas de copeaux de l'atelier.

Ils arrêtent leurs ébats, surpris par l'arrêt des rires dans la pièce, et entrouvrent la porte. Ils froncent un peu leur front trop lisse devant la Lirette et l'Italien qui, se lâchant les mains, leur abandonnent un sourire jaune et forcé.

Quand la Lirette est avec Thiaulin, elle a d'ailleurs ce même sourire que les enfants n'aiment guère. On voit que quelque chose lui tourne dans la tête. Thiaulin, qui n'est plus toujours entre deux vins comme jadis, s'en est rendu compte lui aussi.

« Dis-moi ce qui t'occupe l'esprit même quand tu devrais ne plus penser à rien de pénible, hein, ma fleur de pêche, qu'est-ce qu'il y a donc ? Et il l'attire vers sa bonne jambe puis lui dénoue son tablier pour la voir en « dame ».

C'est souvent ces moments que choisit le nouveau compagnon pour les héler, de l'atelier ; à moins qu'il ne leur envoie les enfants « qui l'embarrassent pour travailler ».

« Botte d'Oignons vous les amène, ils nous gênent et risquent de se faire mal, à jouer avec les doloires ! »

Pourtant ce jour, au matin, la miche et le fromage des dix heures repoussés au bout de la table, l'Italien et Botte d'Oignons sifflant à la mesure des varlopes dans l'atelier voisin, la Lirette se décide à parler :

« Dans le fond, à y bien penser, c'est de ta faute si la Métairie Neuve a brûlé, avec ma pauv'm'an qui en est morte.

– Elle n'a pas souffert, et je lui ai fait faire un bel entourage en bois peint au cimetière ! Et puis, ce n'est pas de ma faute. M'est avis que c'est plutôt au Simon qu'il faut t'en prendre !

– Oui, mais ton bel entourage ne la ramène pas sur la terre, pas plus que la Métairie n'est reconstruite.

– Je croyais que tu voulais vendre.

– Ce que je voudrais, c'est y demeurer, nous deux et tes enfants aussi, puis les nôtres après nous. En attendant on pourrait l'affermer ; mais, sans bâtiment, on ne peut que louer un champ par-ci par-là, et celui qui nous les louera ne mettra jamais de fumier dans les champs et ne taillera pas les bouchures, qui ne tarderont pas à manger toute la surface des prés. Je les vois d'ici, les près, sans “rios” pour faire écouler les mouillères, couverts de joncs et pleins de taupinières.

– Ne te frotte pas si fort contre ma jambe… Pousse l’oreiller sur le dossier du fauteuil, vers le haut… Viens là doucement. T’es ben une drôle de ch’tite fille…

– Attends donc, mon Thiaulin, que je donne un tour de clef et que je tire le rideau du lit… Si quelqu’un entrait, on pourrait nous voir… Dis que tu feras reconstruire chez nous là-haut la Métairie Neuve, que tu avais si bien fait arranger, où on aurait été si heureux si ce mauvais compagnon, ce Simon… et si tu ne t’étais pas mis la jalousie en tête… Il faudra que tu surveilles le travail toi-même. Ça sera un bon exercice pour ta jambe, tous les jours, une belle promenade, en t’arrêtant dans la côte, avec des béquilles…

– Tu t’emballes, tu t’emballes… et voilà que ça me gagne ! Je voudrais déjà être là-haut, pour voir les dégâts de près ; sûrement que c’est réparable… les murs ont tenu… D’ailleurs la charpente je m’en charge… Pleure pas ! puisque je te dis que je m’en charge.

– Oui, tu le dis, mais je te vois, là, qui peine, même pour monter au lit… Et pourras-tu jamais marcher comme avant sur des jambes solides ? Pour l’instant l’Italien fait du bon travail, et un compagnon comme cet Attilio, c’est une chance pour nous.

Surtout qu'il s'entend bien avec Botte d'Oignons, et avec tout le monde, d'ailleurs (ça, elle le dit sans malice).

Mais les clients te préféraient ; je n'ai pas voulu te le dire, mais au Virolan cette année, ils ont pris le tonnelier de Briantes…

– Je vais bientôt me sortir de là, je sens que cette jambe va mieux. Tu me l'enverras, l'Italien, avec Botte d'Oignons, pour qu'ils m'aident à poser le pied par terre sans les béquilles. Tous les soirs avant de souper je veux m'y essayer.

– La tête va te tourner.

– Les premières fois, sans doute. Mais tu me prépareras une petite fiole d'eau-de-vie de cidre, pour l'avoir toujours dans ma poche, là. »

En même temps il lui tapote les fesses et l'embrasse dans le cou.

Elle essaie mollement de se dégager, l'air boudeur, faussement fâchée, avant de se laisser faire sur le lit, où elle l'a aidé à se tourner sur le côté.

L'Italien est venu le soir même avec Botte d'Oignons. Ils l'ont soutenu pour lui réapprendre à marcher sans béquilles, tandis qu'il serre des dents, de toute sa vigueur retrouvée ; disant même, blagueur, qu'il vient de le prouver à la Lirette. Ça fait sourire le plus vieux. Mais l'autre a un rire forcé, dont il s'excuse en disant que le patron n'est pas léger léger. Pas du tout.

Ils ont trinqué avec l'eau-de-vie au coing et Botte d'Oignons, en s'en retournant, léchant l'odeur de la goutte sur ses lèvres, demande finement à l'Italien dans l'atelier avant de sortir :

« Ça n'a pas l'air de te plaire qu'il remonte à la surface le Thiaulin ?

– C'est pas tes affaires et garde-le pour toi, ou alors, ta gueule, lui chante l'autre, en montant son poing.

– Je me demande…

– Tu te demandes quoi ?

– Si c'est toi qui es cocu ou lui qui l'est. »

L'Italien lève le poing, puis, figé, éclate d'un vrai rire pendant que Botte d'Oignons, qui s'est déjà reculé dans l'armoire à outils, glousse en l'accompagnant. Heureux d'avoir enfin trouvé un collègue qui aime la plaisanterie plus que les femmes, il lui offre un verre sur-le-champ, chez le Bastien à la Toinon.

Deux heures plus tard, à l'auberge, Botte d'Oignons, qui vient de lui faire chanter une savoir combientième chanson, demande à l'Italien pour la savoir combientième fois, en faisant cul sec encore une fois.

« Et ce verre tu le payes ? Oui puisque tu l'as offert ». Et Botte d'Oignons rigole de sa plaisanterie d'ivrogne, dont il est seul à rire car personne n'y a rien compris, ou a même fait semblant d'y prêter attention. Il se signe, en disant merci à l'aubergiste, puis s'écrie :

« C'est la multiplication du vin. »

Alors l'Italien recommence à chanter.

Ils ont cessé quand ils n'ont plus su ni chanter ni parler ni boire… Et le Bastien, le patron, les a conduits l'un après l'autre, en veillant bien à ce qu'ils ne le salissent pas, jusque sur la brouette du jardin, puis avec la brouette, de là sous le hangar à paille. Il les fouille pour leur prendre leurs allumettes et enlever la pierre des briquets.

C'est une renommée de chez Bastien. Quand on ne trouve plus ses allumettes ou que le briquet n'a plus de pierre, il faut prendre l'air de celui qui ne veut rien avouer, quand on te dit :

« Pour moi, tu as été te saouler chez le Bastien de la Toinon, hier soir ! »

Mais c'est fausse honte, car, pour boire chez la Toinon jusqu'à se saouler, il faut avoir des sous !

Du « de quoi », comme disent les pauvres buveurs de cidre et boisson de prunelles, qu'ils tirent de ce fût défoncé du haut où ils mettent à fermenter un peu n'importe quoi : morceaux de pommes, croûtons de pain et parfois du raisin, avec des restes de vinaigre et un peu d'eau. Et qu'ils appellent joliment un “pisse debout” !

XXXI

Tout comme avant

LE BÂTIMENT NEUF a vraiment belle figure. C'est de nouveau un nom bien porté que celui de la Métairie Neuve. Et Thiaulin, s'aidant seulement d'une canne, ne se lasse pas de monter la regarder chaque jour. Il a eu du travail, mais de la joie aussi, à la remettre en état, et de là est peut être venue plus rapidement sa guérison. Enfin, ça y a joué un grand rôle. Il se sentirait capable de s'en aller à pied au Virolan pour soigner à nouveau les futailles du marquis. Eh oui, quand on le fera demander – parce que, sans doute, ils n'ont pas pu être contents de ce bricolin qui vient de s'installer à Briantes –, alors oui, il ira et il franchira à nouveau la passerelle, même si elle est couverte d'eau.

La route est belle, c'est-à-dire qu'il ne fait ni trop soleil, ni trop de nuages : juste ce qu'il faut. Thiaulin ne regarde guère le paysage. Trop connu, sauf les vignes, pour critiquer. Parfois à voix haute, comme font les très vieux qui n'ont personne à qui parler à la maison.

Il s'est permis de prendre le raccourci dans les genêts, qui sentent le lait de chèvre tout glacé.

Il vient de laisser à la maison sa Lirette belle et apprêtée comme jamais.

Elle est en train de bavarder avec la mère de sa pauvre défunte, qui est venue voir les enfants et, par miracle, n'a rien trouvé à redire ni sur leur tenue ni sur celle de la maison.

Elle a même plaisanté gentiment la Lirette en l'appelant « ma fille », oui, une fois ! Il l'a remarqué. Au faîte de la côte, il jette un coup d'œil vers la vigne de Beauregard, et fixe ensuite cet œil sur son cabinet à tuiles roses qui trône en haut des rangs réguliers comme une villa de citadin devant la mer, dans les réclames pour les vins apéritifs.

« Et si des fois, se dit-il, si le Vieux Perdrix avait réfléchi ? Il faudra que je leur amène les enfants un dimanche… Je peux même proposer au vieux de la faire à moitié, cette vigne, parce que, c'est sûr, ça doit le tenter le vieux, de la reprendre.

Regarde moi si elle est belle, avec son ventre de jolie fille, un peu gonflé ! Elle a l'air d'en vouloir donner du plaisir, pour peu qu'on la chatouille comme il faut ! Évidemment que ça doit le tenter le vieux... Faut comprendre ! »

Il comprend, lui, Thiaulin. Il comprend. Il comprendrait le monde entier et ses misères les plus incroyables dans l'état d'esprit où il est aujourd'hui.

Mais déjà on ne voit plus la vigne. Voilà le dernier tournant, le petit raidillon de chemin qu'il a fait ferrer d'un bon mélange de pierres : certaines grosses comme le poing, d'autres comme des noix. Mais qui reste salement pentu ; ça, on n'y pourra jamais remédier !

En plaçant d'abord sa jambe boiteuse avec précaution, il se tourne vers « sa » Métairie ; il peut bien dire « sa », c'est bien son travail et ses sous, non ?

« Mais, ma parole ! qu'est-ce qu'ils font ceux-là ? Je vais leur dire deux mots, moi, non mais ! » Il fronce vers eux les sourcils et tourne dans le chemin sans quitter des yeux les bourgeois bien habillés qui discutent là-haut au portail de la cour.

« Monsieur, mons... maître Porigeon, pouvez-vous me dire ce que vous faites là avec ces clefs ?

– Mais, cher monsieur, je fais visiter !

– De quel droit, Monsieur le Notaire ? »

Et il se redresse comme un coq blanc, notre Thiaulin-Rouquin.

« Par le droit de la demoiselle d'ici, Lirette Blanchelle, qui m'a chargé de faire vendre. »

Thiaulin se frotte les yeux et serre sa canne de houx noueux.

« Vous vous foutez de moi ! Sale grignoteur de paperasses. Voulez-vous me répéter ça !

– Vous devriez être plus poli, cher monsieur ! » déclare l'autre, celui qu'il ne connaît pas, celui gras et râblé comme un sanglier, avec un cou de taureau qui éclate dans son faux col blanc, mal fermé.

« Ah oui, poli ? Et v'lan ! Attrape donc et tiens, et tiens… »

Heureusement, c'est seulement sur les montants de la porte qu'il frappe avec son bâton.

« Mais cher… déclame le notaire, qui se recule à cause de la trique tournoyant vers ses côtes.

– Et tiens !… Encore ! »

Sur la margelle du puits, cette fois : est-ce que c'est seulement pour faire peur ? C'est passé bien près !

« Mais monsieur, laissez-moi ! À moi ! À moi ! »

Un taureau qui parle : c'est l'amateur qui visite, un gars qui à l'air solide.

« Eh quoi ? il est fou celui-là ? »

Et Thiaulin se sent soulevé de terre, son bâton lui tombe des mains avec, en même temps, une douleur de tendons frottés sur les os, dans le poignet. Il tombe. Heureusement sur la bonne jambe.

« Vous a-t-il fait mal, demande au notaire l'homme à voix de taureau ?

– Non, mais il m'a étourdi avec ses coups de bâton ! Vous avez vu : son bâton volait de partout et il cherchait à me frapper la tête. Ah oui, monsieur, il me visait la tête… Ça ne se passera pas ainsi ! Je porterai plainte, Thiaulin, je porterai plainte.

– Décampe, dit la voix de taureau à Thiaulin, et vite ! Puis se tournant vers le notaire : Entendu, j'achète.

– C'est à moi, ici, gueule soudain Thiaulin qui, appuyé à un pilier du portail, se croit dans un mauvais rêve et en pleure presque de ne pouvoir se réveiller.

– La demoiselle doit être chez moi pour signer à l'heure qu'il est. Allons-y », dit le notaire.

Obéissant à l'ordre, aussitôt le cabriolet secoue ses ressorts devant Thiaulin ahuri, accoudé maintenant à la margelle du puits, qui part d'un grand éclat de rire car on ne peut que rire de ce rêve idiot, en secouant désespérément la tête dans l'espoir de se réveiller.

« La Lirette chez le notaire ! Quel pauvre fou, ce notaire de cauchemar ! » Et lui, Thiaulin, fou aussi, de ne pouvoir se réveiller de ce méchant rêve.

Il leur crie quand même, bien qu'ils soient trop loin pour entendre :

« La Lirette, elle est gentiment à la maison, en train de causer avec ma belle-mère ! »

Sans souci de sa jambe folle qui lui paraît soudain tout à fait guérie – c'est bien la preuve qu'il rêve ! –, il descend en courant le raidillon du raccourci où les pattes des chèvres de Padou et autres miséreux du village ont gratté jusqu'à la roche pour y faire comme des marches.

Il est arrivé chez lui, par derrière. Il s'arrête, ému, la poitrine soulevée, tirant sur son estomac où se niche un point de côté, douloureux. Les enfants ne sont plus là. Leur veuve de voisine, aussi noire de visage et d'habits que le serait un corbeau brûlé, lui dit en tournant son dos et en accrochant le volet à sa porte :

« Les petits sont retournés avec leur grand-mère, parce que la Lirette est partie.

– Où ?

– Partie, je te dis, avec l'Italien. Bonsoir. Botte-d'Oignons te dira le reste. Il est sûrement encore à boire à c't'heure. Mais quand il aura aligné deux trois bouteilles sur la table chez la Toinon, il aura bien assez bu pour trouver le cœur de tout te raconter… Elle t'a bien roulé celle-là. Et te voilà à te ronger les sangs. Elle t'a bien tourné en bourrique, mon pauvre voisin…

– T'inquiète la mère, je sais où elle est. Je la ramène pour la soupe de c'soir ! Dieu de Dieux ! »

La vieille sourit, moqueuse, et, tout à son contentement, elle en pisse debout derrière ses roses trémières. Car la jalousie de ne plus pouvoir faire marcher les hommes, c'est physique chez ces vieilles-là. C'est ce qui les fait vieillir d'un coup, d'ailleurs ; car dès qu'elles le sentent, ça les marque au visage d'une bonne poignée d'années, soudainement. Un peu comme ces brûlures d'orties qui n'attendent guère avant de monter en cloques.

La jument bave sur ses dents jaunes.

L'écume soufflée puis reniflée s'envole sur ses reins.

Le froid du soir a engourdi la mauvaise jambe de Thiaulin.

Il s'est décidé à se rendre à La Châtre en se disant que des nouvelles, même mauvaises, valent mieux que de rester là sans savoir sur quel pied danser.

À La Châtre, quelques lampes derrière les croisées disent que les gens sont déjà en train de souper.

Il a trouvé la porte du notaire barricadée. Et la petite bonne, jaune et fripée comme un bonnet de nuit, est venue lui parler à travers le grillage du judas, comme s'il avait la peste.

Il a cessé de battre la porte des poings et de son bon pied parce que la fille lui glisse entre les vantaux, tout d'un trait :

« Maître Porigeon m'a dit de vous dire, si vous veniez, que la demoiselle et le monsieur italien ont pris la diligence de dix heures pour Châteauroux, et qu'il appellera les gendarmes si vous continuez à l'ennuyer, parce que, lui, ça ne le regarde pas plus que ça, et qu'il est bien bon de vous en dire tant ! Voilà ! »

Et elle se tourne, son grand nez en travers de la brise aigrie, pour s'en aller dignement en glissant sur les pavés de la cour, tout en se nouant machinalement les mains dans un torchon à vaisselle.

Cette fille n'a pas tout à fait le même air que la vieille voisine au village, car elle a trop l'habitude de ce plaisir-là, chez son notaire.

Au début, dans sa verte laideur de future vieille fille, à dix-sept ans, elle y trouvait autant de plaisir qu'à s'écarter sur une botte de paille avec un garçon de ferme pas trop délicat sur le physique – comme ça lui est arrivé une ou deux fois à la ferme, avant de venir ici.

Mais après tant d'années ! Alors qu'elle ne pourrait même pas retrouver le nom du garçon, elle ne ressent plus aussi bien cette méchante jouissance de dominer les autres ; elle garde juste une espèce de tendresse pour la personne qu'elle est ainsi chargée de rebuffer.

Comme elle n'a pas refermé la petite porte du judas, Thiaulin, devenu muet, reste un moment hébété à la regarder traverser la cour, vers les cuisines.

Tirant sur ses vêtements comme un clown se ramasse par le fond du pantalon, il tâche de s'éveiller.

Pas trop.

Un peu d'abrutissement à la suite d'un coup reçu, c'est le divin cadeau de la nature… Il a plutôt envie d'en rajouter. C'est pourquoi il s'empresse d'aller donner du bec dans toutes les portes de bistrot.

De retour au Magny, c'est Botte d'Oignons qui le ramène à l'auberge, parce que son patron se trompe et veut rentrer boire à l'église dont il secoue la porte en gueulant :

« Porigeon ! apporte à boire, foutu fumier de notaire ! Ho ! Porigeon ? »

Il a bien fallu que l'aubergiste Bastien aille le coucher dans le pailler sans avoir eu le plaisir de lui servir à boire, mais après l'avoir consciencieusement fouillé, toujours à cause des risques d'incendie.

Si bien que le lendemain, après son réveil dans le foin qui lui pique le cou et entre peau et chemise, il doit aller acheter des allumettes soufrées. Il peste, tandis que Botte d'Oignons s'éveille, à deux pas de lui :

« Ce Bastien, c'est un trouillard ; il dit qu'il craint le feu. Mais c'est aussi un voleur, parce que les pierres à briquet il ne les jette pas. Non ! Il te les revend, pour sa peine, qu'il dit ! Je vais d'ailleurs aller lui en causer ! Tu viens avec moi, Patron ? »

Ils en ont parlé longuement, devant les bouteilles où, pour la plus grande joie de tous ces jaloux faussement apitoyés, Thiaulin raconte pour la dixième fois son aventure de malheur, ce qu'il recommence pour chaque arrivant.

Chaque fois qu'il s'arrête pour rallumer son mégot, il mêle en un même anathème sa femme, la Lirette, la vigne, sa jument, son beau-père, sa belle-mère et ses enfants.

Puis il déclare :

« Non, quand même pas mes petits, ni la vigne, et peut-être pas ma femme ! »

Les derniers buveurs, ce sont des gars qui ont leurs raisons aussi, et qui comprennent la vie.

Attendris, plus que moqueurs, ils lui payent une bonne goutte – de la raide, celle que Bastien fait recuire, pour lui seul et ses amis, et qui titre pas loin de 90°. C'est pour l'achever avant de le porter au fenil où, une fois encore – il y a de ces fatalités dans la vie –, il perd son paquet d'allumettes soufrées et ses pierres à briquet qu'il a pourtant achetées à Bastien ce matin.

Le soir il couche plus qu'à son tour sous le hangar à paille. Maintenant qu'il a ses habitudes, il laisse son briquet sur le dressoir des verres à pied. C'est plus commode pour le matin.

Il ne retourne chez lui que pour chercher de l'argent, quand Bastien lui a dit combien il doit, car la dépense dépasse souvent la monnaie qui se mêle aux brins de tabac de ses fonds de poches.

Il discourt de tout et de rien, comme font les grands buveurs de profession « cause-de-rien », « amuse-grelet ». La conversation dure une journée avec, par exemple, l'histoire d'une mauvaise pièce d'un sou qui s'était tellement mauvaisement coincée dans le fourneau de sa pipe qu'il ne l'en a pu desserrer, et a dû casser la pipe en terre – qui valait plus cher que le sou pourtant. Et il en tire des comparaisons philosophiques telles qu'elles font dire aux autres : « Où va-t-il donc chercher tout ça ? » Il ajoute par exemple :

« C'est comme pour moi et la Lirette. Elle, c'est sûr, ne vaut pas grand-chose. Il n'empêche qu'elle me détruit de la cave au grenier ! »

Et si on lui parle de sa vigne de Beauregard, qui pousse bien, et si on lui dit que son beau-père, tombé soudain malade d'une mauvaise grippe, ne peut plus la cultiver et lui a fait dire de s'en occuper encore cette année, qu'est-ce que ça donne en réponse ? Des mots, juste des mots : il prend un ton de curé en chaire pour dire : « Il y a bien quand même une justice là-haut », et son doigt tremblant désigne le ciel.

Sans jamais parler de reprendre le travail, que ce soit dans ses terres ou à son atelier, dont il rebute les clients en leur disant en manière de plaisanterie :

« Je ne travaille plus ; fortune est faite. »

Ou bien encore :

« J'ai fait un vœu. »

Les autres :

« Un vœu ? »

Lui :

« Qu'est-ce qu'on met dans les fûts ? »

Les autres :

« Du vin pardi ! »

Lui, en se levant, casquette à la main :

« Et tant plus il y a des fûts et du vin, tant plus il y en a qui boivent. C'est pas chrétien, le curé me l'a dit. Alors je n'y touche plus.

– Et à quoi que tu ne touches plus ?

– Aux fûts, pardi ! »

Et ils partent tous d'un rire qui les étouffe, sur lequel ils boivent un coup à la santé de Thiaulin.

C'est avant de se rendre à Briantes, chez le tonnelier de là-bas qui, lui, boit raisonnablement, ni plus ni moins que toi ou moi, comme tout bon travailleur qui a bien besoin de son litron pour, dans sa journée, travailler son « hommée » de vigne ou aplanir une douzaine de douelles à tonneaux.

Thiaulin ronfle par à-coups dans des rêves nombreux comme il n'en a jamais eus, et faciles à faire renaître dès qu'on retrouve le bout du fil. Des rêves vraiment bizarres. Et, de plus, amusants à raconter. Parfois en couleur. Où il se voit le plus généralement dans son atelier, avec son vieil ouvrier. C'est justement lui qui le tire par la manche pendant sa sieste sous le poirier :

« Paye-moi, Thiaulin !

– Avec quoi, Botte d'Oignons ? Tu en as déjà la manche… Tiens, voilà ma chemise !

– Paye-moi, Thiaulin ! »

Et puis il y en a d'autres qui viennent le relancer de la même manière :

« Avec quoi, Bastien ?

– Avec tes cheveux pour en faire des mèches à briquet !

– Je ne suis pas une demoiselle d'Auvergne qui vend ses tresses pour s'acheter une robe… »

Maintenant, c'est cette vieille coquine de voisine qui pisse si bien debout derrière ses roses trémières et qui lui fait parfois un peu de soupe le soir, ou bien lui vend des œufs pour son repas de midi :

« Paye-moi, Thiaulin !

– Mais ma bonne voisine, paye-toi sur moi !

– Je n'en ai pas le goût.

– Ni moi donc ! C'était pour te rendre service… »

Ou encore, il en est à quémander :

« Je veux manger, Bastien !

– Et quoi, pauvre miséreux ?

– Des tripes, Bastien, à la mode de Caen… mais qu'est-ce que tu fais ? Tu m'éventres ! Mes tripes qui coulent dessus mes cuisses ! ! ! Arrête Bastien !

– Mauvais payeur a des tripes de cochons ! »

Alors ce grigou de Bastien appelle le chat, en disant qu'il y en a pour tous :

« Minou, Minou, viens manger… »

Le vieux curé explique mieux que je ne saurais le faire.

Écoute : « Des rêves comme ça ne reposent guère, et l'esprit réclame au vin l'abrutissement que le sommeil n'a pas donné, ce qui n'arrange rien pour ta santé, malheureux ! »

Si Thiaulin savait qu'on bavarde sur lui dans la pincée de petites vieilles qui fréquentent chez le curé, il serait inquiet, avec raison, car, comme il l'a souvent dit, « ces grenouilles de bénitier sentent venir la bonne affaire pour leur curé, mieux que n'importe quel autre commerçant ». Et au fait, je te le demande :

Quand ils nous ont baptisés, fait communier, qu'ils nous ont mariés, qu'est ce qu'ils peuvent encore attendre de nous, hein ? Tu m'as compris ? !

XXXII

Un miracle

Il a couché chez lui.

Pour une fois !

Il se réveille le derrière à l'air, la chemise de jour – devenue chemise de nuit – crochetée dans le bâton à battre l'édredon, l'autre figure du bas avec le nez tout ratatiné comme un escargot trop cuit !

Il fait encore des nuits fraîches.

Il éternue cinq bonnes minutes en s'habillant, guidé par les volets mal fermés dont le soleil essaye d'imbiber le bois pourri, en le séchant de ses rayons de printemps, ceux qui font germer dans les champs et fleurir dans les près ; des rayons qui ont la couleur de l'huile de noix, mais qui ne peuvent rien sur le bois mort des barrières jamais peintes, que de l'éponger un peu pour le faire tenir une saison encore.

Il entend saboter en bas du perron et cette fois ce n'est pas en rêve qu'il entend Botte d'Oignons lui demander d'ouvrir.

L'arrivant ne dit même pas bonjour.

Thiaulin, de même, sans plus de politesse, finit de serrer sa ceinture et relève consciencieusement ses manches.

« Écoute-moi, Thiaulin, c'est-il aujourd'hui que tu me payes ou vas-tu me laisser crever de faim ? C'est pas parce que tu es plus qu'à moitié fou et que tu veux ta ruine – qui te pend d'ailleurs au bout du nez comme une vilaine araignée – qu'il faut laisser les gens sans leur payer ce qu'on leur doit… »

Thiaulin fait le geste de chasser une toile d'araignée.

L'autre continue ses jérémiades :

« C'est pas pour ça qu'il faut que tout le monde pâtisse. Moi je suis passé maître depuis longtemps, et si je voulais, je pourrais être à mon compte. Et ta clientèle, tu verrais bien si elle ne viendrait pas chez moi, parce qu'au fond, là, c'est moi qui le fais le travail…

– C'est tout ? Tu dois avoir soif à c't'heure, d'en avoir dit si long d'un coup ! Écoute-moi à présent. Tu sais que je peux pas te payer. Mais l'atelier en bas, les outils, la clientèle, ça te tend les bras.

– Je ne peux pas te payer ton fonds, je ne suis pas acheteur.

– Je ne parle pas de ça. Travaille tant que tu voudras ici, avec mes outils, use-les jusqu'au manche, ce n'est pas moi qui te dirai rien. »

Botte d'Oignons se sent mollir sur ses jambes et il tire une chaise sous lui – avec délicatesse remarque, comme on déplace un petit chat par la peau du cou.

« C'est pas que tu as une mauvaise idée derrière la tête comme ton pauvre défunt père, pas ? C'est pas ça, mon p'tit compagnon ? (il en pleure presque le vieux soiffard. Et il continue sur sa lancée) quand je pense que c'est moi qui t'ai tout montré du métier ! Pour sûr tu m'as bien dépassé... Mais enfin c'est moi qui t'ai tout montré puisque ton pauv'père – le bon Dieu le reçoive. T'as pas de mauvaises idées, comme lui, non ? De te détruire, non ? Dis ?

– Vieux con ! Non, j'ai pas de mauvaises idées ! Je m'en vais gagner des sous !

– Tu prends le trimard ? T'es pas fait pour courir les routes, Thiaulin. Faut y avoir été bercé, à ça !

– Non pas. Sur les routes il y a encore plus d'auberges qu'ici, et je veux d'abord guérir de boire et ensuite tout regagner. Mon bien et les enfants, et une belle fille, et tout et tout ! Peut-être même la Lirette, si elle revenait un jour. On ne se détruit pas quand on a tant à faire.

– Çà par exemple ! »

Botte-d'Oignons fait un geste de main vague, comme si devant lui on avait parlé de l'inutilité des tonneliers, et il répète d'un air de doute accentué :

« Çà ! »

Mais l'autre continue à pousser sa gouge, qui taille son chemin dans un cerveau tout empli par ces mérains[1] dont on fait des rêves et non pas des douelles de tonneaux.

« Tout le mal vient de là. Que je ne travaille plus. Imagine qu'elle revienne, la Lirette, un soir, avec l'idée de se remettre avec moi, qu'est-ce qu'elle retrouverait ?

Donc, oui, qu'est-ce qu'elle trouverait ? Juste le beau feignant qui convient à cette salope et qui à quatre heures du soir est déjà saoul.

Alors voilà ! Je m'en vais à la vigne de Beauregard : tout me reviendra par la vigne.

– Elle n'est plus à toi.

– Laisse-moi dire. Tu vas me rendre un service. Tu vas aller dire au beau-père que c'est ou la vigne, ou

1. Mérain : planche taillée dans le fil du bois, pour en faire des douelles.

qu'il me ramène les enfants. Tout de suite ! D'ailleurs il paraît qu'il serait bien content que je la travaille encore cette année. Tu as compris ?

– Si j'ai compris ! Et comment ! Quand est-ce qu'il faut y aller ?

– Jure-moi de ne pas boire avant d'être arrivé là-bas !

– Alors j'y vais tout de suite ? C'est juré, sur mon fendoir.

– Qu' il te donne un papier en règle, une sorte de bail, si tu veux, et signé dans les règles, et pour neuf ans au moins… Tiens, voilà la clef de la maison pour toi, ou des fois pour la Lirette si elle revenait, et dix “blancs”. Avec l'argent tu achèteras des bâtons de réglisse pour les gamins avant de partir.

Autre chose : tu viendras me voir à la vigne tous les samedis. Moi je vivrai dans le cabinet de vigne. Je vais tout préparer : des outils, une casserole, paille pour moi et la jument. Je te donnerai les commissions à faire, que tu m'apporteras la semaine d'après… Je veux gagner de quoi payer tout ce que je dois : à toi, à Bastien et aux autres, le bois de chauffage et tout, et du bois neuf pour l'atelier et tout et tout. Pour les sous, s'ils viennent te demander quand, tu leur réponds « À la Saint-Martin ». Tu ajoutes : « S'il peut pas à ce moment-là, il vendra. »

– Eh ben, c'est très bien, très bien… T'es quand même un courageux d'aller faire le feignant dans ton cabinet de vigne, comme un bourgeois dans sa maison de campagne, tout ça pour perdre l'envie de boire et pour gagner de l'argent qui n'est même pas pour toi ! Il n'y a pas à dire, t'es courageux ! Et un drôle de corps ! Tu vois, moi, ça ne me serait même pas venu à l'idée !

« J'aime trop boire. Avec le travail, je n'ai que ça d'plaisir… »

Qu'il se dit en empochant l'argent.

À plusieurs reprises Thiaulin a pu entrevoir son beau-père, apparemment guéri, et même bien guéri, peut-être par la présence de ses petits enfants ? Ou peut-être remis sur pieds, selon Thiaulin, par sa malignété et ses relations avec d'autres engeances du démon, comme lui.

Il est venu rôder aux alentours de la vigne, le bonnet rabattu, un fagot de genêts à balais sur l'épaule, bien couvert dans une cape limousine, ravaudée sans doute, mais qui coupe mieux la brise fraîche que la veste en coutil de Thiaulin.

À vrai dire, il doute de la raison de son gendre et veut savoir s'il devra affronter un fou ou un ermite, au moment des vendanges, quand il réclamera sa moitié de récolte.

Quand il a vu Thiaulin arrondir les coupures des verges taillées en tournant la serpette sur le pouce avec un sourire d'amour, enlever avec les ongles la mousse sur les vieux ceps croûtés de terre, surgreffer en

« cadillac » les ceps trop faibles, eh bien, il n'est pas plus avancé…

« Ce pauvre fou a même fait deux tailles : une longue, d'abord, seulement pour l'instant, en cas de gel », a-t-il expliqué à Botte d'Oignons.

Et il a bien fait !

Il s'en félicite, Thiaulin, peu de temps après. Après cette claire nuit d'avril où on est encore sous les ordres de la lune de mars – la rousse –, Thiaulin s'est tourné et retourné, puis il s'est réveillé. Il est allé voir dehors si ce n'était pas un hérisson qui faisait tout ce bruit dans la bouchure.

Eh non ! C'est le bois mort des bouchures qui fait comme un craquement de paille en givrant et en éclatant en surface du sol gelé.

Il est bien réveillé maintenant.

Dans sa « cabiole » – cabinet de vigne, « cabiniat », appelle ça comme tu voudras, ça ne change rien à la chose –, autour de lui, la paille où il couche est givrée aussi.

Les brins glacés brillent dans les écailles de lune tombées au travers des arantelles[1], dont les araignées ont doublé la lucarne.

Le vent vient de tourner plein nord.

---

1. Arantelles : ces toiles d'araignées ne datent sans doute pas des Romains, mais le mot, lui, est resté très près du latin.

La fraîcheur le saisit sous le milieu de la plante de ses pieds, qu'il utilise pour chercher les sabots en tâtonnant. C'est une gelée qui va tout griller, une gelée noire comme disent les vignerons, en parlant du résultat quand, le lendemain, le soleil finit de tout flétrir ce qui a gelé.

Thiaulin le sait : quand le jour se lève, ça active le froid, qui forcit toujours avec les premiers coups de balayette du soleil.

Il n'hésite pas : il boule vite un peu de paille entre ses mains, puis il bat le briquet.

Son idée : mettre le feu à la bouchure tournée au nord.

En trois endroits.

Des fagots de sarments, empilés de guingois là-contre, lui servent à attiser.

Il ne s'embarrasse pas de la crainte de déranger la famille de lapins nichée dessous et qu'il réserve pourtant depuis longtemps pour les attraper avec des collets en fil de laiton, pour s'en faire civets ou rôtis.

Le feu est bien pris maintenant, et les trognons d'épine noire sont en braise, brandis sur les souches en feu, comme des doigts irréels.

Thiaulin panache régulièrement les flammes avec de l'herbe encore à demi verte qu'il avait fauchée au bord du chemin des vignes pour nourrir sa jument.

Aussitôt le feu s'étouffe dans une fumée épaisse en rotant comme un vin blanc qui n'est pas débourré.

Tout se passe bien comme il voulait, Thiaulin : non pas d'éternuer comme un renard à l'asphyxie, non ; je veux dire, créer cette nappe de fumée épaisse.

Que je te dise aussi, à propos de la jument : il manque de peu de recevoir un coup de pied en allant resserrer le nœud de son licol, qu'il n'a tourné la veille qu'en « vite défait ». La bête, affolée ! Mets-toi à sa place !

Elle bat l'enclume et hennit dans cette fumée de forge infernale qui s'alourdit en rampant dans les creux de sillons. Elle s'accroche en fantômes de liserons pour encercler les feuilles toutes tendrettes, encore poissées de la sève maternelle de leurs bourgeons.

Au ras du sol il y a moins de fumée, et, à quatre pattes, Thiaulin les voit bien faire, les bourgeons.

Il y en a qui reniflent leurs perles de sève, tandis que d'autres éternuent et s'essuient aux deux petites feuilles velues qui viennent de naître sous leur nez.

Le lendemain tout le monde n'a que cette gelée noire à la bouche. « Même les noyers ont gelé ! Le lierre aussi – c'est pourtant dur, la feuille en est épaisse comme une écorce –, eh bien, il a été frisé ce coup-là. »

Il faudra recommencer les semis au jardin et ne pas compter sur la laitue d'hiver, qui a toute été ramassée par ce grand coup de faux du Diable.

Malgré ses airs de grande compassion pour tous, le beau-père de Thiaulin n'est pas mécontent, au fond, de s'en aller contempler les espoirs ruinés de son gendre, comme l'indiquent nettement les ceps à feuilles noires qui, alentour, se tordent de douleur sous le soleil, avant de retomber en guenillettes d'amadou usé.

Mais qu'est-ce qu'il découvre du sommet de la traîne ? Sa vigne toute claire avec sa belle peau de nouveau-né, effrayante de splendeur au milieu des autres moribondes.

La bouchure fume encore et l'odeur de fumée froide se mêle à celle des silex qui sèchent.

Le voisin, Gamineau, claque de grands coups du plat de la main dans le dos de Thiaulin, car sa vigne, située en contre bas, a été sauvée aussi en partie par la divine fumée protectrice.

Puis Gamineau a apporté son baril et l'a tendu à Thiaulin, qui l'a refusé poliment en premier, tout en faisant la politesse à son beau-père ; un beau-père devenu tout miel et tout sourire car d'instinct, le Vieux Perdrix a toujours su reconnaître – plus vite que beaucoup d'autres – où était son intérêt.

Alors le vieux est revenu chez lui. Il a attelé et est reparti aussitôt pour La Châtre faire établir un acte de donation à ses petits-enfants, avec usufruit, leur vie durant, de cette vigne à moitié pour lui et pour Thiaulin, son gendre.

C'est comme si le vieux grigou était pressé maintenant de faire connaître à tous qu'il a été témoin d'un vrai miracle et qu'il faut ménager celui qui a été ainsi protégé par le Ciel. Se mettre à son ombre, en quelque sorte.

Bien sûr, il réservera la moitié de la récolte en usufruit. Mais l'important pour Thiaulin est surtout d'être propriétaire ; quoique le profit des vendanges ne soit pas négligeable, dans ce mauvais moment qui vient de secouer si fort le petit vignoble du Magny, de La Châtre et Châteaumeillant. Ceux qui auront du vin à vendre vont faire des affaires ! D'ailleurs, on n'en connaît guère. Quelques-uns du côté de Montgivray, vers Ars, sur les terres à roche blanche ; et on en cite un autre à Briantes qui a replanté dans un fond humide ses anciens plants d'avant le phylloxéra, qu'il s'est refusé à greffer : celui-là a été sauvé par la brume qui s'est levée au bon moment sur la rivière et a étiré ses bras protecteurs au-dessus.

XXXIII

Une bonne affaire

« Écoute, Botte d'Oignons, demande Bastien, l'aubergiste, qui reste maître de sa cave tandis que la Toinon l'est de tout le reste de la maison, combien de fûts m'as-tu façonnés ?

– Ils seront tous prêts avant une huitaine, maître Bastien, j'en donnerais ma main à couper.

– Laisse ta main tranquille, on ne pourrait plus jamais trinquer tous les deux si je te prenais au mot. Combien en as-tu de prêts, là, aujourd'hui ?

– Tu en presses donc tant ?

– Je te demande combien est-ce que tu en as fait sur les huit que je t'ai commandés. Je les veux ce soir !

– Je peux t'en livrer trois, et si tu es pressé je peux te faire prêter les autres : il y a plein de gens qui n'en auront pas besoin cette année.

– Livre-moi les trois ce soir.

– Et les autres ?

– Je les prendrai à celui de Briantes, le nouveau qui vient de s'installer tonnelier et charron. Je ne veux pas faire gâter mon vin dans des fûts d'emprunt !

– Il n'ira pas plus vite que moi, celui de Briantes.

– Il en a toujours d'avance, lui. Il travaille, le bougre.

– Dis-le tout de suite que je suis un feignant et un soiffard comme de mauvaises langes le racontent dans le pays ! Et comme nid de langues de vipères, ton auberge est de première.

– Calme-toi, c'est pas moi qui vais regretter que tu aimes la chopine ; non, pour sûr, ni dire que ton travail n'est pas bien fait. Mais tu es trop long à livrer. Faut comprendre ça, vois-tu. J'ai besoin de faire rentrer du vin demain et je veux mes fûts ce soir pour les gonfler au vin chauffé. Il faut que j'y verse aussi auparavant, pour le rosé, de l'eau bouillante à la guimauve, et ça doit refroidir dedans, tu comprends ?

– Je comprends ! Je comprends ! Je comprends seulement que tu vas acheter à celui de Briantes ! Et pour y mettre de la tisane de guimauve ! Que c'est même pas bon ! C'est de la fleur de sureau qu'il faut pour le vin gris.

– Faut bien, faut bien… J'en ai besoin, tu comprends ?

– Je comprends, je comprends…

– C'est dommage parce que tes fûts, comme ceux de Thiaulin, avant, question tournure et douceur de bois, c'est un fait, ils sont doublement meilleurs.

– Tu ne peux pas attendre un peu ?

– Eh non, eh non ! » Puis se souvenant d'un rôti que la Toinon lui a dit de surveiller à la cuisine – c'est surtout un moyen de battre en retraite – :

« À ce soir, on goûtera le blanc de l'an dernier.

– C'est pas de refus, dit Botte d'Oignons – à lui-même, car l'aubergiste a déjà porté sa grande carcasse à vingt pas de là, réprimant à deux mains le balancement pris dans la course par la citrouille qui lui sert de ventre.

Puis Botte d'Oignons se met à siffloter en songeant que ces trois fûts lui procureront le boire et le couvert avec un peu de bénéfice pour vivre tranquille deux bons mois sans trop toucher les outils.

D'un autre côté – c'est-à-dire du côté de ses provisions de vin –, Bastien a mené tout aussi rondement l'affaire avec Thiaulin.

C'est, pour sûr, cette année, une bonne affaire ! Alors que tous les aubergistes devront acheter aux marchands. Lui sera sûr de son vin. Les autres vont devoir tout se procurer chez les négociants de La Châtre ; et à quel prix ! Lui aussi leur en prendra bien un peu, sans doute, de ce vin du Midi qui voyage en train dans de la ferraille, mais le moins possible ; et il va le couper avec celui du pays, si habilement qu'il serait bien étonnant qu'un client se plaigne. C'est pour ce mauvais vin de marchand qu'il réserve ses vieux fûts. Quant au « vin de vigne », cette année, plusieurs tonneaux venant à la réforme, il s'est trouvé dans l'obligation d'en acheter des nouveaux pour loger le vin miraculeux de Thiaulin, qu'il ne servira pas sans raconter l'histoire de la gelée noire et de la bouchure incendiée tellement à propos. Il préfère, bien sûr, la forme des tonneaux de Thiaulin, à la mode du Beaujolais. C'est tout ce qu'il faut pour le bon vin qui doit décanter, car ils font une poche où la lie est piégée au soutirage.

Ceux du gars de Briantes sont plats comme les pièces de Bordeaux. L'intérêt, pour y mettre du vin de marchand, qui n'a guère de lie, c'est qu'on peut tirer pour ainsi dire jusqu'à la dernière goutte.

Tout à la pensée de sa bonne affaire, Bastien a franchi le seuil de l'auberge, où l'appel de son nom le réveille brutalement, les mains cernant son ventre, les doigts écartés, appuyés sur les cuisses. Il demanda au client par réflexe :

« Et pour toi, l'Auguste, ça sera quoi ?

– Un petit gris aujourd'hui. C'est la fête, vois-tu ? Mon gars nous a amené sa promise. Elle a l'air bien gentille…

– Elle est de chez nous ?

– Non pas, mais un de ses oncles du côté des femmes a été marié en premières noces avec la fille d'un Grangin. Tu connais pas un Grangin qui a été dans le temps placé au domaine de Poumoué ? Alors comme je te le disais… »

Et Bastien fronce le sourcil. Il adore ce jeu-problème qui consiste à rechercher les parentés, et tout à l'heure, pris au jeu, il s'écriera :

« Mais oui ! Eh bien ils sont parents avec les Oubrioux…

– Pas possible !

– Si, possible, et sûr, et je le prouve. »

C'est ainsi que Bastien prend la main dans ce jeu de hasard sûrement plus compliqué que les échecs car il faut, ici, se souvenir de parties jouées il y a tellement longtemps, et si loin ! Dans des endroits situés parfois à des lieues et des lieues « d'ici – chez-nous – au Magny ».

Pourtant, quand le discoureur peine à s'y retrouver et que le jeu s'endort, Bastien songe en un éclair à sa chance d'avoir traité avec Thiaulin une si bonne affaire de vin.

Et il ne regrette pas le souci que le maître tonnelier lui a donné tout l'hiver. Quand Bastien nageait dans la crainte du feu mis au fenil, et aussi à l'idée que Thiaulin n'allait peut-être plus avoir du « de-quoi » assez pour le payer.

Grand Dieu merci ! Tout finit bien.

Bastien aura eu grande part du pécule, en frais de boisson, sans trop d'inconvénients de la part du buveur – et ce n'est pas toujours ainsi ; mais à quoi bon se lamenter : tous les métiers ont leurs désagréments, par vrai ? –, et de plus Bastien a réussi la bonne affaire, car il est prioritaire pour acheter le vin nouveau de Thiaulin.

« Tu y gagnes, et moi aussi, a dit le tonnelier vigneron en frisant sa moustache d'un air railleur. »

Bastien a ri, du ventre, à petits sauts, car c'est un brave homme, au fond, et qui ne sait que trop qu'il s'enrichit souvent de la misère que l'alcoolisme apporte chez autrui. Alors, pour une fois que ce n'est pas le cas, et qu'il n'y a pas de femme d'ivrogne pour venir lui faire des reproches !

Et présentement il se met à rire au milieu des clients étonnés et dit tout fort deux fois de suite :

« La bonne affaire, la bonne affaire ! Ah oui ! »

Il la voit bien pour lui ; mais ce que Thiaulin vient de gagner, c'est surtout sa dignité retrouvée, est-ce qu'il le comprend, Bastien ? S'en fout un peu, Bastien.

L'Auguste, voyant que l'aubergiste ne s'intéresse pas assez à son affaire de parentés, vexé, enfile son verre, paye et sort, tandis que Bastien, souriant à ses rêves de gros sous, se fait rappeler à l'ordre par la Toinon, rouge de cuisinc, dorée comme ses rôtis, qui apparaît soudain sur le seuil, les poings sur les hanches.

Elle tonne après lui avec une vraie voix d'homme, dans ces occasions-là, et lui, le malheureux, il répond avec une petite voix de pauvre petite femme, tellement ça lui rétrécit toute virilité de se sentir comme ça rudoyé devant les clients.

« Pas devant les clients, pas devant le monde », lui dit-il.

C'est tout ce qu'il sait répéter : on dirait le grincement de la manivelle du puits communal, sur la place.

XXXIV

S'en-eauler : c'est bon pour les tonneaux, mais pas pour la Toinine

JUSTEMENT BASTIEN et plein d'autres sont tous autour du puits, l'air affolé : comme des mouches quand on a mis un linge sur le fromage qui commence à sentir fort et qu'on vient de sortir du garde-manger pour le saler.

« J'ai vu la chaîne qui se balançait encore. J'ai d'abord pensé à un tour de gamin, mais alors la Toinine, sa fille, est sortie, en caraco-de dessous, pire que folle et pas peignée ; je croyais qu'elle allait me jeter dans le puits aussi. Je venais de parler avec Botte d'Oignons pour mes fûts… Elle voulait que j'y descende, moi, Bastien, malade comme je suis, et en plus avec le vertige !

– Faudrait pourtant y descendre, dit quelqu'un.

– Moi j'y songeais bien, mais je suis tellement gros de ventre ! s'excuse le Bastien.

– Et le gaz ! Il faut s'en méfier, le puisatier de Sarzay a manqué y rester tellement il y a du mauvais gaz au fond. »

À ce moment on entend hurler la Toinine, que des femmes maintiennent assise à grand-peine en la forçant à boire une goutte dure sur le seuil de l'auberge.

Elle écarquille toujours les yeux, de la même manière qu'ils l'étaient quand elle s'est penchée à la fenêtre pour mieux voir qui avait poussé un tel cri, avec l'espoir que c'était le treuil qui avait grincé plus fort que d'habitude.

Au coin de l'église les pavés roulent sous une galopade de sabots, et voilà Thiaulin. Il a vite compris, malgré ses oreilles mangées de barbe – comme ses joues du reste.

Il arrête net la charrette, où s'alignent trois basses à vendange. L'attelage bouge encore qu'il est déjà à terre et tend la bride à Botte d'Oignons.

Bastien est parti chercher une corde pour doubler la chaîne du puits, qui vibre encore par à-coups, avec un ronflement méchant.

Thiaulin, sans attendre, est déjà descendu au fond, en s'aidant du dos et des pieds sur la muraille du puits. Il est en train de rabouiller l'eau trouble avec une perche croche quand l'autre revient avec sa corde.

« Remontez-moi, bon Dieu, j'étouffe ! J'ai la vieille, je la tiens.

– Allons-y lcs gars », dit Bastien.

Mais essoufflés, ils doivent s'arrêter au troisième tour du treuil.

Alors Bastien lance une baillée[1] à un gars qui vient d'arriver en carriole et qui attache tranquillement son cheval derrière l'auberge, sans rien savoir de ce qui se passe.

« Arrivez donc, a-a-rri-ve donc… Ah c'est toi… Viens nous aider… À nous cinq, du diable si on n'y arrive pas !

– Et han ! Ho… hisse… ! Toute l'eau dans les vêtements, et un corps mort pèse double, c'est bien connu… Ho, Thiaulin, aide-toi des pieds… Cramponnez, vous autres ! »

Et le tas de linge noir apparaît et se couche comme un avocat en marionnette sur le bord de la margelle où s'élargit une flaque en filets agiles.

Thiaulin s'assied au bord et souffle, puis il se penche, comme prêt à rendre le trop-plein de son estomac.

---

1. Baillée : cri long et modulé pour porter très loin.

Ils n'ont plus qu'à la monter chez elle, où les femmes s'empressent de la déshabiller et la ramènent à grands coups de frictions à l'eau-de-vie et de pierres chaudes arrosées de vinaigre. Les hommes gagnent l'auberge.

« Faut vouloir sa mort », déclare le nouvel arrivant, parlant de Thiaulin. Et il ajoute :

« Ç'aurait été si facile de descendre une grande échelle de douze pieds.

– C'est bien une chance que j'avais cette corde », se vante Bastien.

Si bien qu'un moment, à le voir se démener, on pourrait croire que c'est lui qui est descendu au fond !

Thiaulin hausse les épaules à la rumeur de ces contes de jaloux.

Mais une chose est sûre maintenant : pour tous il est à nouveau maître Thiaulin, le maire du Magny, un gars qui n'a peur de rien, qui n'hésite pas à foncer sans s'occuper du danger, et qui réussit dans ce qu'il entreprend, et qui… et que… si le malheur ne vient pas sur lui – comme c'est dégringolé trop régulièrement sur sa famille. Si – oui, si.

« Alors, lui demande Bastien, tu viens livrer ma vendange ?

– Depuis quand est-ce que tu commandes des fûts ailleurs qu'à la maison ? lui lance Thiaulin en tourbillon dans les jambes, comme un bâton court pour tuer un lièvre.

– Depuis qu'il faut acheter du vin de marchand, et que Botte d'Oignons ne veut pas livrer », réplique l'autre, aussi sec.

Aussi sec. Il a de la répartie quand il veut, Bastien vexé, qui oublie presque qu'il tient cinq verres dans une seule main. Il relâche une jambe qu'il rattrape au vol, en s'appuyant sur l'autre, le temps de se baisser un peu : car il a un genou qui plie sous lui, et qu'il appelle son « faiseur de génuflexions ».

Thiaulin, qui tient la bouteille, réplique :

« Celui de Briantes, il est venu te faire l'article, dis-le donc franchement, vieux sournois !

– Si tu étais resté à ton atelier, on ne serait pas obligé d'aller chercher ailleurs.

– Alors tu achètes du vin en plus du mien… où ça ?

– À La Châtre. Le comptoir Vins et Spiritueux, c'est pas fait pour les chiens, non ?

– Et ils ne livrent pas en fûts ?

– Penses-tu ! Ils sont les seuls à ne pas avoir eu de gelée dans leurs foudres galvanisés ! Et il ricane en ajoutant :

– Avec toi, sorcier de Thiaulin-Rouquin.

– Pas de ces mots-là Bastien ! Je sais qu'à La Châtre les marchands le font à trois sous le litre et qu'il n'y a pas à marchander… Moi je t'en vends comme c'est convenu, mais seulement dans un mois, à vingt-cinq francs la barrique, rendu conduit, du vin débourré et qui aura déjà eu son premier soutirage. J'ai réfléchi, es-tu toujours d'accord ?

– C'est toujours d'accord, et on déduira les quarante francs que tu me dois.

– Bon. Seulement…

– Si tu mets des “seulement” en plus, déjà que tu montes tes prix alors qu'on était tombé d'accord et qu'il faudra que j'en achète quand même aux marchands au moins une barrique…

– Justement, je ne veux pas que tu mettes de vin de marchand dans “mes” fûts enfin, dans ceux de Botte d'Oignons, enfin, c'est pareil. Ceux de ce corniaud de Briantes sont assez bons pour ça. »

L'autre rigole, pensant à la bonne affaire (car ça reste une bonne affaire).

« S'il n'y a que ça pour te contenter… Mais alors, les deux fûts qui manquent, tu te presses de me les faire, et au prix convenu pour les autres. De plus, tu tâcheras de leur faire des bonnes manières d'“en-eaulage”, au vin chaud et à la fleur de sureau et tout ce qu'il faut, et non pas à l'eau du puits juste bonne pour gonfler la mère de la Toinine.

– C'était pas la peine de demander… et ça tombe sous le sens…

– Celui de Briantes, je ne peux pas lui décommander les deux tonneaux, mais je les ferai livrer chez toi et tu les en-eauleras avec les autres… C'est ma condition à moi aussi !

– C'est entendu », déclare Thiaulin. Et ils se tapent plusieurs fois dans la main en faisant mine de cracher par terre et en se disant que cette fois le marché est bien net et que « cochon celui qui s'en dédit » !

En se pressant, on arrive parfois à tout faire en temps voulu. Les gens ricanent un peu, mais de loin, car maintenant c'est Thiaulin qui vient chercher Botte d'Oignons au bistrot.

Ils auront fini le travail à temps.

Mais quand les deux fûts du gars de Briantes sont arrivés dans l'atelier, quelle rigolade ! Leurs ventres plats de caques à harengs sont exposés bien en évidence à côté des barriques ventrues faites par les deux maîtres, qui semblent avoir pris modèle sur la bedaine du Bastien.

Est-ce qu'ils se rappellent que c'est ce compagnon nommé Simon qui leur a montré comment améliorer ce modèle ?

Penses-tu !

On oublie vite quand on veut oublier ; et que, pour ça, des raisonnements tirés par les cheveux vont vous combler la tête. Dans un concours de fausse sagesse… Qui vous rend habile à éviter les pièges de la mémoire.

Tous les hommes du bourg qui se trouvent à passer là et à causer un brin sont invités à venir comparer les fûts et futailles et à rentrer « plus creux » jusque dans la cuisine, « pour boire un coup par la même occasion ».

Pourtant, on a beau rire des mêmes bêtises humaines, personne ne tète le même goût aux mêmes gouttes que les autres, qui boivent pourtant à la même bouteille.

Thiaulin rigole en dedans, lui, car il a une raison supplémentaire : la nuit dernière, pendant que l'eau de sureau et de guimauve parfumait ses fûts, pour les deux autres commandés à Briantes par le Bastien, il a raclé la crotte de poule d'une cagette à volaille dont on se servait du temps de sa femme pour les porter vendre au marché. Il en a collé un peu, près de la bonde, bien mélangée à du miel et à de la terre glaise lavée ! Essaye sur les fûts de ton voisin, laissés imprudemment à s'en-eauler dehors, c'est garanti cent pour cent de réussite et on n'y voit rien à cet endroit !

On était alors en novembre. Fin décembre, voilà qu'on commence à trouver un drôle de goût au vin que Bastien a acheté à La Châtre et, bien sûr, on met en cause les tonneaux du gars de Briantes. « Déjà leur allure, au départ, n'annonçait rien de bien… Ajoutez à ça que c'était du vin de marchand dedans, du vin qui a voyagé en train dans des foudres d'acier, en plein soleil !

Il paraît que même l'eau-de-vie qu'il en fait, le Bastien, elle a encore ce goût de… enfin un drôle de goût, avec une mauvaise odeur. »

Seul Botte d'Oignons trouve que les autres font des manières et, pour sa part, avant le printemps, il en a bu un tonnelet entier dont Bastien lui a fait cadeau, de cette goutte qui titre par loin de ses 90°.

Personne ne le critique, vu son âge. Il prend une espèce de demi-retraite, comme on dit dans l'armée et les chemins de fer : il ne travaille guère que le matin, étant saoul tous les soirs.

Un peu comme s'il voulait prendre la relève de son cher Thiaulin.

« Peut-être bien, dit-il, que les quatre ou cinq premiers verres ont un goût, mais après, ça ne se sent plus. »

Il n'empêche que tous ceux qui ont acheté du vin « de marchand » vivent dans la crainte de le voir tourner.

On se dit : puisque Bastien, qui sait si bien traiter son vin, l'a laissé gâter, qu'est-ce qui va nous arriver ?

C'est la panique dans les caves des bourgeois et des aubergistes. Il y en a qui y descendent la nuit, en chemise, la bougie à la main, pour goûter leur vin dans le gobelet où l'araignée s'acharne à reconstruire sa toile…

Et on appelle Thiaulin pour réviser les fûts et les tenir prêts pour le soutirage de fin d'hiver. Thiaulin leur vend des poignées de chaux, de la fleur de sureau écrasée, du blanc d'œuf séché, au prix qu'on aurait payé des médicaments chez un herboriste, en leur mettant tout ça dans de jolis pochons en papier de soie. Tout pareillement.

Ce qui finit en effet par donner au vin un goût contre nature !

J'en connais qui se jurent de préférer se passer de boire pendant un an plutôt que de recommencer cette expérience désastreuse de vin de marchand.

« On fera des réserves.

On sera quand même plus tranquille ».

XXXV

Des gens biens, bien tranquilles.
Ne pas déranger !

POUR PÂQUES son beau-père est mort, et Thiaulin a fait venir près de lui sa belle-mère et les enfants, qui ne semblent pas s'en trouver mal. On peut dire qu'au bout du temps, et tout l'un dans l'autre, Thiaulin est redevenu l'homme de bon sens qu'on avait mis à la mairie, et en 1902 il a été réélu sans peine. Mais la plus grande joie c'est bien en 1906 qu'il l'a eue, quand il a pu racheter la Métairie Neuve au grand taurin qui parlait avec un accent « pas d'cheux nous » et qui a fait de mauvaises affaires « parce qu'il était trop causant et pas assez méfiant ». Pas pour autre chose, non : celui-là, sa maison était en verre et on lisait dans sa tête. Un gars qui avait l'air d'être raisonnable, pourtant, et qui, au fond, l'était moins que Padou l'idiot. Parce que de Padou, au contraire, on ne sait jamais ce qu'il pense, et parce que Padou, en plus, il sait parler aux ânes en retroussant ses lèvres sur les gencives, alors que celui de là-haut, qui avait voulu essayer en grand l'élevage de chevaux de selle, c'était un rigolo, comme disent les gens de la ville qui vont au café-théâtre.

On s'en gausse au village, et Thiaulin, qui lui a avancé de l'argent par le biais du notaire, a eu tout le bien pour une bouchée de pain.

Il y a installé son gars, car il peut se vanter d'être un des rares Thiaulin à avoir vu marier un de ses enfants. Avec une bru tellement gentille, tellement… que Jeannot a fait des envieux en grand nombre, qui n'ont même pas l'idée de se venger par la médisance, tellement tout ce bonheur et cette réussite les écrasent, ces pauvres « traîneux de sabots percés », et tellement la femme est brave et belle… « Enfin, est-ce qu'on essaie de tailler même un brin de rien dans un bloc de silex à l'état pur ? »

Mais oui, mais oui. C'est très bien tout ça. Tout comme il faut. Bastien en est bien d'accord, lui qui, par amitié, l'appelle son Thiaulin-Rouquin.

Des gens biens, bien tranquilles.

Et personne n'oserait plus lui dire « Thiaulin-Pendu », car personne ne le déteste à ce point, ce brave Thiaulin. Si tranquille. De bon conseil, de plus. Toujours prêt à venir en aide. Même avec son argent, bien souvent. Ou encore en demandant avis à sa fille, institutrice à Briantes.

Donc, pendant une poignée d'années, ils ont vécu comme toi et moi, sans histoire, allant du travail à l'auberge et de l'auberge à la soupe en faisant leur petit chemin de la grande route de la vie, dans leur cour de ferme, dans leurs champs ou dans leurs ateliers de ce bourg du Magny, où les gens ne sont ni meilleurs ni pires qu'ailleurs, ce qui est loin d'en faire de bons saints, mais pas davantage de véritables « malfaisants ».

Pas plus qu'on aimerait changer de place l'échelle faite par l'arrière-grand-père, et qui aurait bien besoin de réparations, mais qui permet encore de monter au fenil sans avoir jamais tué personne, pas plus ils ne remuent cette vieille histoire de malédiction jetée sur la famille des Thiaulin.

De si vieilles histoires.

À n'y pas croire.

Et c'est peut-être à cause de cette retenue des langues, et même des pensées, que tout va si droit pour Thiaulin.

Tu peux ricaner. Qu'est-ce que tu en sais de ces choses-là, toi qui fais le malin ?

Mais il ne faut pas trop s'y fier, à l'orage de grêle qui est venu tourner pas loin et est reparti – tant pis pour eux ! – éclater sur ceux de Châteaumeillant ou Chassignolles. Faut pas trop croire en sa chance, car il peut revenir, en décalant sa grande valse meneuse de grande chasse du Diable qui lâche la bride à toutes les mauvaises choses, et à leurs apparences, comme les chouettes et autres chats-huants, crapauds et vermines de terre serpenteuses et gluantes.

Comme la vieille échelle du fenil sur son crochet en fer, Thiaulin s'est établi solidement dans des habitudes sages et agréables.

Et il n'y a pas de raison pour que ça ne dure pas. C'est comme pour l'échelle : il faut toujours l'aborder de la même façon, pour ne pas desceller le crochet, en haut. Il faut savoir attendre le petit ressaut qui vient de ce qu'elle est un peu torse, quand on arrive en haut.

Thiaulin aime rendre visite à son gars, le Jeannot, dont je t'ai dit qu'il était marié maintenant. Le nouveau maître de la Métairie Neuve se défend bien dans la culture et le commerce de ce qu'il produit.

Avec le père, ils bavardent volontiers des affaires.

Ainsi, aujourd'hui, ils parlent de la difficulté d'embaucher un domestique sobre et travailleur, et le Thiaulin donne des conseils qu'il aurait bien dû faire siens, jadis, quand il dit – par exemple – que des compagnons de trop bonne mine ne sont pas forcément des cadeaux de la Noël.

Mais l'expérience est la chose au monde la plus difficile à transmettre. Juste peut-on se permettre de montrer les bleus aux jambes que la vie nous a donnés, avec ses coups de vache qui regimbe sur le côté, puis, calmée, s'en va bousant à chaque pas sans s'occuper davantage des éclaboussures. Mais c'est encore comme ça qu'on peut finalement espérer se faire un peu écouter de la jeunesse.

Justement son gars a bien failli en engager un.

« Un trimardeur qui est venu demander de l'embauche ; mais il avait si mauvaise tournure qu'on lui a lâché les chiens après.

– C'était un drôle de gars, la figure toute mangée de barbe, le poil blanc-blond avec des traces de brun-roux. Il m'a fait penser, en plus vieux, à ce compagnon que tu avais eu un moment avant que la maman trépasse. Pas le dernier qu'on a eu. Non, l'autre d'avant.

– Ne vous acoquinez pas avec des trimardeurs. Et puis, c'est plutôt une servante qu'il vous faudrait si vous voulez faire l'élevage des cochons en plus grand que maintenant, puisque les charcutiers prennent boutique, comme les bouchers, et ne se contentent plus de vendre en poussant leur charrette à bras. Il faut admettre que tout est bien bon, accommodé à leur façon. Et frais, grâce aux glacières.

– Ma foi tu as raison, pâ. Remarque, un vieux trimard, c'est plus fort qu'une femme s'il est courageux, et avec suffisamment à boire on peut se permettre de ne le guère payer.

– Fais à ton idée, mon garçon. En attendant, évidemment, que tes enfants soient assez grands pour t'aider. Puisque tu as la chance d'avoir deux petits gars.

– J'ai déjà deux portées de gorets d'arrivées, et il y a encore une mère gorette qui est pleine. Il y a aussi le verrat qu'il faut présenter à ceux qui viennent pour : c'est un travail supplémentaire. Pour l'instant c'est mes deux petits gars qui s'occupent de surveiller ça, mais bientôt ils seront utiles ailleurs. Déjà le plus grand aide à labourer et le petit sait tailler la vigne aussi bien que son grand-frère.

– À quatre sous de la séance, ton verrat va te payer ta semence de pomme de terre, et tu pourras prendre une servante.

– Il gagne tout juste sa nourriture, le ladre !

– Allons, ne te plains pas, pas à moi. Je sais que tu en as déjà beaucoup gagné et j'en suis content pour toi. Il n'y avait que l'autre gros bœuf-villé[1] d'avant toi pour ne rien gagner dans un endroit pareil : des terres qu'on peut aller travailler, même aussitôt après les averses, sans risque d'en faire du ciment, des terres profondes d'un mètre, bien drainées, toutes en sable, gourmandes de fumier, c'est sûr, mais tellement douces ! Et des prés, toujours frais sans jamais vomir l'eau, pourtant. Tu as un bien qui vaut de l'or, et qui m'a coûté du souci, oui, dans le temps. »

Le vieux Thiaulin tire une chaise sous lui et s'assied à califourchon, la pipe joyeusement enfoncée dans ses chicots en moelle brune. Il va sur ses cinquante-cinq ans et n'a pas un poil de gris.

De son teint rouge du temps de ses folies, il lui est juste resté les pommettes des joues et les ailes du nez, qu'il a de planté bien droit et avancé comme ils l'ont tous dans la famille, avec un menton long pourtant, mais insuffisant pour compenser un tel éteignoir à cierges : « Un beau clocher n'a jamais déparé son village », lui disait sa grand-mère, et il répète ce mot aux petits-enfants qui s'amusent de son nez sans voir qu'ils ont le même.

Encore aujourd'hui, la belle journée qu'il a passée là, dans la moiteur de puits, venue dès que sa

1. Bœuf-villé : bœuf gras, paré de guirlandes et promené en ville le jour de mardi gras.

bru a eu poussé les contrevents pour garder la fraîcheur dans la salle.

Dehors le soleil rebondissait sur la pierre gris-bleu, où il allumait des étincelles de mica. La treille, vêtue de violet et de vert, fouillait de ses membres rayés dans le triangle blanc découpé en haut des volets sur le ciel net comme un cul de casserole neuve, ces nouvelles en aluminium, tu sais ?

Dedans, Thiaulin regardait, de l'oreille plus que des yeux, le déplacement de souris de sa gentille bru, qui n'oubliait pas de lui remplir son verre au pichet frais.

Et Thiaulin, que les gens appellent volontiers, le « père Thiaulin » plutôt que « le vieux », il fait glouglouter sa pipe à goût de noisette, les pieds germant sur la fraîcheur blette montant des carreaux de terre à peine cuite.

La belle journée qu'il avait passé là ! Et, pour sûr, comme toi et moi il pensait que notre histoire allait s'arrêter, et qu'on pourrait même se demander si c'était la peine que quelqu'un un jour raconte tout ça à quelqu'un d'autre…

Ah non ! Non de non ! Pas du tout ! C'est certain ! Il ne pensait pas qu'il trouverait au retour sa porte ouverte (la clef avait été prise sous l'éclat de la pierre du seuil).

Et sur une chaise, qui ?

« La Lirette ! »

Eh oui, tu as gagné, c'est bien elle. À peine changée, sauf ses cheveux, qu'elle a fait friser, à la mode de la ville.

Elle !

C'est bien elle…

Elle s'est bien rappelée la pierre où on cache la clef, et elle est venue s'asseoir dans la pièce aux volets mal tirés.

Guère vieillie ; en tout cas moins que lui. C'est vrai que vingt ans de moins se connaissent, et c'est encore une belle petite flamme capable de rallumer l'incendie qui lui a ravagé le cœur et le corps, une bonne poignée d'années auparavant.

Elle se lève et dit seulement, comme si elle récitait une leçon longtemps ressassée :

« Bien le bonjour, Thiaulin, je me languissais tant d'ici, et j'avais bien de la honte d'être partie avec cet Italien qui m'a poussée à le faire et à vendre la Métairie. Alors, tu vois, je suis revenue te voir. C'est pour toi que je suis là. »

Étonné comme d'avoir voulu boire son verre vide, un moment Thiaulin écarte les bras sans rien dire, comme tout entier tourné vers le maintien de son équilibre. Puis il va pousser les volets, et, brusquement retourné, pivotant en deux coups secs sur les talons de sabots :

« C'est bien toi ? Et qu'est-ce que tu veux ?

– Tu me manquais. Es-tu heureux, toi ?

– Moi heureux ? C'est à voir. C'est pas à toi de me demander une chose pareille, blâme-t-il sans élever davantage le ton. Toi t'es une enjôleuse et une voleuse… Une jolie voleuse… », rêve-t-il un moment en la regardant de derrière, les yeux sur sa nuque, toujours aussi droite mais un peu plus blonde, avec les frisettes qui dégringolent de ses cheveux, qu'elle porte relevés à la façon des demoiselles de la ville. Ce qui la change de son chignon plat, d'avant.

« Mais quand même une voleuse !

– Je suis prête à travailler pour le tort que je t'ai causé, toute prête à t'aider.

– Moi ? J'ai besoin de rien !

– Ton ménage ?

– La bru me le fait. Et du moins je n'ai plus de femme pour me gêner au lit le soir venu ! C'est autant de bon temps de gagné !

– Tu vis en sauvage.

– Non pas. Je suis encore habile et agile en tout, crois-moi. Il y a des jeunesses, à l'hôtel du Bœuf à La Châtre, qui pourraient t'en dire long là-dessus… Je n'ai pas encore la soixantaine, et toi ?

– Trente et cinq.

Des gens biens, bien tranquilles.

– On voit que tu n'as jamais guère travaillé aux champs… En partie grâce à moi, tu peux le dire, et je sais bien avec quel argent vous vous êtes débrouillés avec ton Italien.

– Je le sais bien, et je te le dis volontiers. C'est bien grâce à toi. Mais c'est aussi pour revenir chez toi que j'ai quitté ce Simon qui me fait peur…

– Tu vois, je cause gentiment avec toi, comme si jamais tu n'étais partie avec l'autre, après m'avoir fait mettre tout mon argent dans ta Métaire-Neuve… Alors pourquoi que tu me contes des histoires ? Tu es partie avec l'Italien, pas avec Simon.

– Dernièrement j'étais servante dans une auberge, en Touraine. C'est grâce à Simon que j'ai trouvé la place quand le Tilio a été emmené. »

Il ricane en découvrant deux dents :

« Voilà ben un grand malheur ! Il s'est noyé dans les inondations ton Italien ? Ou il a été emporté par le grand vent de Bouesse, qui souffle peut-être jusqu'à là-bas, puisqu'il serait même capable d'emporter les vaches qui ont mangé de la luzerne fraîche, qu'il dit en se moquant.

– Non c'est les gendarmes qui l'ont emmené, pas la rivière de Loire.

– Et le Simon ?

– Il me cherchait, à ce qu'il m'a dit, et il a fini par me retrouver. Il faut que je te dise ce qui s'est passé : ils se sont méchamment battus avec Tilio l'an passé dans la boutique, et depuis on ne l'a plus revu, Tilio.

Simon m'a dit que les gendarmes l'avaient emmené pour lui poser des questions à propos d'une méchante histoire qu'il savait, lui, Simon, et qui s'était passée longtemps avant qu'il ne vienne ici…

En tout cas, le Tilio, il n'est pas revenu à la maison. J'ai attendu un peu, plus de huit jours ; puis j'ai fini par accepter la place que Simon m'avait trouvée, dans une auberge. Mais je ne l'ai plus revu non plus.

– Reprends avant, je saisis mal ton histoire de coupe-jarrets.

– Bon… Tilio était tonnelier à son compte, à Vouvray. C'est là qu'on habitait. Il faisait du bon travail et en faisait beaucoup. On ne manquait pas d'argent. Il faisait aussi de la menuiserie et des petits meubles, des tonneaux juste pour faire joli, des brocs en bois… »

Elle va bon train, notre Lirette, d'un petit ton détaché. Déjà sûre de rester, qu'elle est !

« … Je lui tenais son ménage, comme je peux encore le faire pour toi… (Thiaulin ne répond pas mais il ricane en montrant les dents de l'autre côté.) C'est comme ça qu'un jour Simon s'est présenté et qu'ils se sont battus : ils ont commencé dans l'atelier avec les poings, et puis ils m'ont dit de me taire et de ne pas m'en mêler – parce que j'étais apeurée et voulais aller chercher les voisins. J'étais rencoignée sous l'escalier, toute entrée dans une pile de mérains appuyés debout là-contre. Ils ont pris chacun une herminette bien affûtée sous leur veste et ils sont allés vers les marais boisés qu'on gagne par les passages au long de la levée de la Loire. Simon, qui est revenu seul, m'a dit que Tilio s'était sauvé à la nage, mais qu'il n'avait pas dû aller loin, vu que les gendarmes étaient venus lui demander, à Simon, ce qu'il faisait là.

– Oui oui, pour une histoire embrouillée, c'en est une. D'ailleurs j'ai rien compris et je n'ai pas envie de me casser la tête là-dessus. Oui oui oui. Eh ben je ne veux pas être en reste avec Simon ; il faut que je te trouve une place.

– Tu ne me gardes pas ? »

Elle est ahurie. Comme une poule qui vient de trouver un collier de perles : « Par quel bout ça se mange ? » « C'est-t-il bon au moins ? »

« Tu sais, ce serait comme avant…

– Merci bien ! Prends ton sac et suis-moi. »

Il tire sa montre de gousset :

« À cette heure, il n'y a pas grand-monde dans le bourg, ils sont tous dans les champs. On va passer le gué des Ossans, puis prendre le chemin des vignes et les traverser. Il n'y a personne dedans en ce moment. Tu peux remettre ton fichu parce que ce n'est pas les bouchures d'ajoncs qui nous feront grand-ombre ! »

Passées les vignes où les raisins commencent à blesser, ce qui permet d'en picorer un grain, de-ci, de-là, contre la soif, ils prennent la sente du bois de Boudan, l'un derrière l'autre cette fois. Lui devant, tapant du bâton contre les vipères dans les fourrés de fougères.

Elle ne dit plus rien, et on entend les lézards s'affoler jusqu'à leur trou, sur les brindilles en train de frire dans ce bain de chaleur moite.

Les genêts sentent fort comme une tisane, et, de temps en temps, quelques cosses éclatent en une véritable pétarade de mulet mal élevé.

Après la croix du Pendu, Thiaulin s'arrête, parce qu'il vient de remarquer une hésitation dans le pas de sa suivante muette.

« J'ai des gravelles dans le soulier, à moins que ce soient des graines de genêts... » Elle s'appuie à une souche d'arbre abattu. Puis voyant que de montrer ses genoux n'est peut-être pas suffisant, elle s'assied et lève le pied bien haut tandis que sa robe roule en boule sur sa cuisse toujours aussi joliette.

Thiaulin ne la regarde même pas. Il en a profité pour s'arrêter pisser discrètement à l'abri du chêne tricentenaire, son bâton planté derrière lui.

Il faut bien qu'elle se relève enfin.

« Où est-ce que tu me mènes par là ?

– Chez l'Aspic.

– Non ? Tu ne veux quand même pas… tu ne veux pas dire… le vieux braconnier ?

– Il n'y a que chez lui que tu trouveras une place si tu tiens à rester au pays. »

Et sur un fond de musique pleurante qu'elle égoutte, il ajoute :

« Il te paiera bien, c'est sûr. Il a eu une attaque de paralysie. Il s'en est bien relevé, mais il m'avait demandé de lui chercher quelqu'un pour le cas où il retomberait. »

Il pense, mais n'ose pas le dire : « Sur le moment j'ai bien rigolé à l'idée d'une femme dans cette étable, qui sert de logis à l'Aspic. »

« Il te laissera peut-être héritière, ajoute-t-il en riant à voix haute. On dit qu'il est riche. »

Elle est toute désemparée ; elle ne sait qu'une chose, c'est que Le Magny et Thiaulin ne seront pas trop loin d'ici. Et elle se sait maligne. Et elle le connaît son Thiaulin. Elle saura bien lui retourner sa peau d'anguille !

Il la pousse vers la porte tandis qu'il se montre à la fenêtre unique et tambourine sur le croisillon des quatre carreaux.

De son lit le vieux tire la ficelle et la porte s'ouvre sur une odeur de chien mouillé et de sauvagine cuite dans sa sueur.

Entraînée par une deuxième poussée de main de Thiaulin, la Lirette se trouve devant une table, qu'elle doit contourner pour le laisser passer.

Presque sans voix, sourde à la conversation que tiennent l'Aspic et le Thiaulin, elle s'est écrasée sur un billot de bois, à côté de la serpe qui y est enferrée.

Dans un méchant rêve, elle voit Thiaulin repartir en fermant la porte. Elle jette un regard flou et bête par la fenêtre. Au fond du sentier torché en bleu par l'arrivée de la nuit, entre les lignes fessues des arbres, Thiaulin béquille légèrement sous un dos un peu courbé. Il s'est retourné par deux fois.

Le soleil couchant lui a peint sur les bosses et les creux du visage l'image de caricature de celui qui se venge et en tire sans doute une lancinante envie de vomir, d'avoir trop vite mordillé et sucé le bout vert de cette tige de douce-amère.

Elle s'y accroche les yeux pourtant et, juste quand il va disparaître, à gauche elle croit voir, entre les bouleaux clairs, un buisson d'ajoncs prendre sa forme et, soudain grandi, partir à la suite de Thiaulin en dansant sur un pied de cabri, l'autre replié et traînant dans un mouvement souple de racine aérienne, qui efface l'image de Thiaulin et de ses ricanements.

Des gens biens, bien tranquilles.

Elle a frissonné quand le renard apprivoisé est venu la flairer en la perçant de ses yeux fendus, pareils à des éclats de bouteilles cassées et au travers desquels on voit son âme verte de bête ensorcelée.

Elle s'est sentie nue et sale quand l'Aspic a vrillé sur elle son regard de liseron des marais. Celui dont les feuilles et les fleurs blanches à la saison d'été crèvent de chaleur dans la journée, mais qui, le soir, fraîchissent et se déploient comme sous l'effet d'un baume, avant de se recroqueviller à nouveau pour la nuit.

Elle s'est un peu reprise et elle défait son ballot sur une chaise pour choisir un tablier.

« Faut-il balayer ? »

Elle demande seulement pour savoir ce qu'elle aura à faire, sans y mettre de mauvaise intention.

« Dis tout de suite que je suis sale !

– Ce n'est pas ce que je veux dire, mais j'ai l'habitude de balayer, le soir.

– Alors si tu as l'habitude, et si tes habitudes gênent pas les miennes, je te ferai un balai en fagot de bouleau si tu y tiens. »

Il est radouci.

« Pour moi je prends une poignée de paille ou la branche de genévrier, là, derrière la huche… »

Elle a seulement fait oui avec le menton, et ils sont restés un moment sans se regarder, comme les bêtes qui désirent se montrer qu'elles se tolèreront, dans ce coin de chasse ou de pâture, en s'évitant et en essayant de ne pas se faire croiser leurs odeurs.

« Si t'as pas mangé, il y a de la soupe ; moi j'aime seulement la soupe et les ragoûts, à cause de mes dents que je n'ai plus…

– Et le matin ?

– Le reste de soupe du soir.

– Et avec ? Après je veux dire…

– Rien avant midi. À midi, s'il reste encore de la soupe, tu l'ajoutes au ragoût ou, par exemple, si on a mis un morceau de salé de sanglier ou d'autre chose dans la soupe, tu gardes la viande pour midi. J'aime la sauce piquante. Je fais de l'ail et de l'échalote en suffisance dans le carré de jardin. C'est au sec, là, pendu dans ce coin. Il n'y a que de l'oseille et du persil, au jardin. C'est juste sous le grand laurier-sauce où s'agrippe une treille de raisins noirs. Là, dans la resserre, il y a le pot de salé de sanglier. On n'en prend que si je suis obligé de vendre ce qui s'est pris dans mes collets. Autrement c'est du gibier que tu fais cuire dans la cocotte en fonte que je loge là, sur l'étagère au-dessus de la bassine de pierre. Tu as le pot à vinaigre à côté, tu verras. Quand la mère en devient sèche, tu demandes à Bastien un fond de fût. Il y a la bonbonne là. Il peut pas me refuser ce service, à cause du gibier que je lui fournis. »

Elle fronce les sourcils en faisant attention à ce qu'il dit. Elle tourne cependant la tête, tout d'un bloc avec le haut du corps, en suivant la main qui lui montre les choses. La main n'est plus qu'un réseau de veines, et on ne sait pas distinguer si c'est le bras ou la main qui tremble.

À moins que ce ne soient les choses, de la même couleur violette, comme des plantes poussées dans l'ombre : la bonbonne dans son osier rafistolé de fil de fer rouillé et de ronce refendue, la cruche à eau et la cuvette écaillée, craquelée, qui occupe tout le fond de la « bassie » de pierre – comme on appelle ces ancêtres d'éviers dans nos campagnes.

Pour lui, la vaisselle se lave toute seule, en restant à tremper dans cette espèce d'auge dont il a bouché le trou par un chiffon roulé.

Il y a comme une odeur, comme de vomissure d'enfant.

Maintenant, il désigne le coin de l'âtre où il pose ses pots à anse, à même le sol.

La Lirette n'a jamais bien aimé les coins à vaisselle, d'ailleurs ce travail et le linge à laver, elle n'aime pas ça. Le cœur lui remonte vers les lèvres quand elle pense au linge humide au sortir de son cuveau d'eau à la cendre, gluant et tiède comme celui qui bouche le fond de l'évier.

Elle ne saura jamais dire pourquoi elle n'est pas partie à ce moment-là, au lieu de rester plantée là, à l'écouter expliquer de sa bouche qui remue à peine tandis que la vieille main se démène en oiseau gris pris dans des filets de vigne vierge bien mûre.

« … Pour faire la soupe, j'apporte ce qu'il faut, ne t'inquiète pas. J'ai des tas de champs par là. (Il montre, comme pour semer du blé, en ricanant.) Mes métayers, c'est tous les gens du bourg. Personne n'a jamais songé à me reprocher un chou-rave ou deux trois carottes : tout le monde sait bien que les lapins que je prends dans leurs bouchures, ils en voleraient plus qu'on n'en mangera jamais toi et moi… Et je suis encore assez valide pour m'y traîner relever les collets et les pièges quand le gibier préfère être là plutôt que dans les bois.

– Quoi que vous aimez dedans ?

– Dans quoi ?

– Dans la soupe…

– De l'oseille et des fines herbes, même de la menthe, pas la poivrée, la franche : il y en a au jardin. Il y a toutes les herbes, même du thym de bergère, et du vrai aussi. Mais j'en rapporte souvent qui sent meilleur encore. Oui, je te disais, la soupe : il faut qu'elle rende une odeur forte comme celle des rivières, ces bon Dieu de rivières où je coulais des gros blocs de silex pour dévier l'eau, près des moulins, dans le temps, avec mon gars ! Et qu'elle ait un goût, comment te dire… comme d'écorce d'acacia, ou de noix, un goût fort, quoi ! »

Des gens biens, bien tranquilles.

Ah oui : tu veilleras aussi à ce que mon bidon soit rempli le matin. Dans le tonneau c'est du « grappis » fait avec de la prunelle et ce qu'ils oublient dans les vignes. Si tu l'aimes, il ne faudra pas te gêner, tu ne risques pas de te saouler.

« Oui m'sieur.

– Dis-moi "l'Aspic", comme tout le monde.

– Oui, l'Aspic, je veillerai à tout.

– Ah, il y a autre chose à faire, quand même…

– Ah ? »

Un « ah ? » qui est pensé seulement, plus que parlé : c'est un cri en mousse de lait dont on ne pourrait pas boire les bulles inconsistantes ; mais on sait ce qu'il y a dessous, forcément, et elle serre les cuisses, d'instinct.

« J'ai demandé à Thiaulin de me trouver une servante, surtout à cause du renard. Une brave bête tu verras, mais quand même, ça reste une sauvagine, même apprivoisée. Il s'appelle Antoine comme défunt mon garçon. Il faut bien me le soigner, et il y a des soirs, quand il est en chasse de femelle, il ne doit pas sortir. C'est une gentille bête, il ne m'en veut pas. Il m'a pourtant vu briser les reins de ses frères sur mon genou, oui, comme tu as pu le faire avec du petit bois d'allumette.

Doux comme des chats, qu'ils étaient – de poil –, mais de corps, déjà assez solides… Mais lui, il m'a mordu ; alors je ne sais pas pourquoi, je l'ai gardé… Et puis ça ne t'intéresse pas et ça ne te regarde pas de savoir pourquoi je l'ai gardé.

– C'est vrai, ma foi. Enfin, si, un peu, mais comptez sur moi, je le soignerai.

– Il te connaîtra vite puisque tu lui donneras à manger. Mais si, un soir, je te défends de le laisser sortir, il faudra le veiller, ma fille, même si la lune l'appelle et qu'il veut te mordre ou casser la croisée.

– C'est entendu, not'maître.

– Dis-moi “l'Aspic”, et dis-toi bien que personne n'est le maître de personne, même pas de soi-même trop souvent…

Tu vois ce renard… Tu le vois l'Antoine : pour qu'il soit heureux il faut qu'il croie qu'il est là librement. Son excuse, la seule qu'il peut se trouver, c'est de bien manger, sans peine. Et ça marchera tant qu'il pensera pas au plaisir de tuer. On verra bien… »

Il hausse les épaules vers la pendule sans caisse qui berce son pied malade en vert-de-gris laitonné.

« Dites-moi, l'Aspic… et… pour coucher ?

– À choisir : mon lit c'est là. Si t'aimes pas, il y a l'appentis derrière la porte, dans le fond là, avec une bonne paillasse en feuilles sèches : des feuilles de tilleul avec une couche de fougère au-dessous, à cause des tiques et des puces. La garniture en a été changée tous les ans. Elle a été mise à l'air et retournée tous les jours, sortie au soleil quand il y en a, chaque fois, je te le jure, depuis…

… C'était celle d'Antoine, qui a été écrasé sous la roche rouge qui bouche à demi le canal du moulin de la Justice. Si bien écrasé qu'on ne l'a plus revu mon petit gars.

À croire que c'est pas arrivé vraiment comme ça, mais qu'il s'est sauvé sans rien dire, parce qu'il en pouvait plus de toujours patauger dans la boue, à respirer les mauvais gaz des intestins de la terre ! Je ne fais plus le métier à cause de lui justement.

J'ai dit : "C'est fini de curer les eaux de moulin ou de puits."

Le soir de l'enterrement. Ils m'ont cru saoul.

J'ai tenu bon et ce n'est pas plus mal. Depuis je gagne ma vie par ici et les bois suffisent à me faire vivre, oui, bien vivre. Pour le reste – les sous je veux dire – tu vas vendre du gibier chez Bastien quand il en fait demander. Tu verras qu'on aura plus qu'il nous faut et qu'avec tes quarante sous par mois tu n'auras pas à te plaindre. »

Il la regarde du coin de l'œil rouge. L'autre est fermé.

Son visage est comme celui d'un chien à chasser le renard, pas seulement à cause de tous les poils de trois couleurs qui partent dans trois directions différentes, mais surtout à cause des rides recroisées aux commissures des yeux, qui lui donnent un air de rire et pleurer en même temps.

« Combien que vous me donnerez, que vous avez dit ?

– Vingt-cinq francs l'an.

– C'est pas déraisonnable si vous pouvez le faire.

– À la fin de l'année, quand je mène les chasseurs aux chevreuils, je gagne bien, et pour le ménage, je ne dépense pas tellement. »

Il essaie de sourire, en roulant sa chique dans une joue puis dans l'autre, avant d'en cracher une giclée de jus jaune dans la cendre du foyer.

C'est un tic qu'on lui connaît depuis toujours.

Rien à voir avec l'âge.

Il a pris ça à quinze ans en admirant son patron qui plaisait tant aux filles.

Malgré ou à cause de cette manie ? Lui ne se pose plus la question.

« Alors cette nuit, où est-ce que je dois coucher ?

– À ta guise ; je ne te force pas.

– Toute seule j'ai peur ; votre renard il a des yeux, par moment verts, des fois jaunes... Je suis pas encore habituée.

– Eh ! c'est comme tu voudras. Je me lave tous les jours à la rivière et j'ai pas de maladie ! »

Des gens biens, bien tranquilles.

Toujours l'œil rigolard qui tourne juste après le passage de la chique.

« Oh oui ? dit la Lirette avec une voix qui réfléchit et qui constate avec philosophie : Toute seule j'aurais trop peur. J'ai toujours été comme ça. » Elle ne sait plus si elle sent les gros bras de Simon dans l'escalier ou le genou de Thiaulin entre ses cuisses, le soir de l'incendie. Elle est seulement sûre de ce qu'elle dit à propos de sa peur, comme pour s'excuser auprès de l'Aspic tandis qu'elle se glisse dans le lit du vieux qui ronfle déjà.

C'est vrai que la toile du traversin n'est même pas sale ! Enfin, d'après ce qu'en montre le peu de clarté d'un mince croissant de lune et un œil de braise qui cligne sous le tas de cendre du foyer dans la cheminée de coin, entre les chenets en pierre brute vaguement taillée à l'équerre.

Elle sent qu'elle va s'endormir. Elle essaie bien de lutter un peu ; elle pense qu'il va peut-être en profiter. Qu'il fait peut-être semblant de dormir. Pour supporter ce qui va arriver, elle imagine qu'elle reprend le chemin de la Métairie Neuve, celui qui la menait si souvent au bouquet de noisetiers dans les grosses roches, près du lavoir.

Elle a entre les jambes plein de brins d'herbes à tiges rondes, plein de fleurettes vernies en jaune et des tapis d'orties au venin jeune.

Elle s'y tortille tout ça comme si c'était son Simon ou son Italien, ou même Thiaulin, qui n'était pas si malhabile, au fond. Elle y glisse un moment sa main comme une rosée qui lui chatouille le souvenir des chambres où le plus bel éclairage était les dents de ces hommes-là sur leurs lèvres entrouvertes au-dessus d'elle.

« Les draps, c'est trop frais l'hiver, déclare l'Aspic, qui s'est réveillé tellement elle se tortille, malgré les précautions qu'elle croit y mettre. Les couvertures, ça réchauffe en grattant… Es-tu bien ?

– Oui, ben l'Aspic… oui, ben…

– Alors dors, petite. »

Pas besoin de le lui dire ; elle ne l'a peut-être même pas entendu parler vraiment. Peu à peu, son corps boulé et raidi se desserre tandis que le vieux laisse échapper ses ronflements bien dosés.

Elle rêve qu'il y a quatre sapins noirs aux coins du lit, des sapins comme dans les parcs des châteaux. Ils soutiennent une grande toile goudronnée qui est cloutée d'étoiles.

Il en pend un morceau grâce auquel la Lirette part jouer à la balançoire au-dessus d'un ravin.

XXXVI

Pièges

THIAULIN vit de ses rentes.

Il se promène souvent à l'heure où les autres travaillent. Lui, il fouette les orties et les tendres pousses des ronces avec un bâton sculpté par son père, qui s'ennuyait aussi sans doute, à garder les vaches avec d'autres gamins de son âge, au long des chemins immensément larges, les « traînes », où il fait si bon traîner justement.

Il aime bien passer par les bois et aller jusqu'à cette maison – piège où la Lirette est venue s'enfermer.

Dans ces promenades, il s'enlève ainsi les aigreurs de la digestion du souper mieux que s'il buvait un deuxième café arrosé.

C'est de toujours, cette manie.

Dans le temps, il partait en jetant aux femmes et aux compagnons : « Je m'en vais faire “mazagran” au long des bois. »

Il disait ça en même temps que les dernières remarques sur les choses à ranger à l'atelier, à la maison ou à la ferme.

Aujourd'hui, il s'en fout des choses à ranger. D'ailleurs, quand il faut, c'est à lui de le faire, et « monsieur Demain », qui n'est pas mort, il attendra bien encore ! Puisque Thiaulin est en promenade.

Tiens, aujourd'hui il a oublié son bâton sculpté.

Il s'est taillé une trique de saule à l'orée du bois, où la glaise est mal épongée parce que les arbres ne sont plus là pour boire l'excès d'humidité. À cause des vipères, la trique ; un peu souple, mais pas trop.

Puis il se frotte les mains sur une tigelle de bourdaine, dont il sent l'écorce souffrir et se gonfler entre ses paumes, qui en restent toutes collantes, de cette sève acidulée.

Il est tout souriant du mouvement qu'il se donne, comme cet air doux du soir qui joue à paraître heureux et confiant, comme si les nuits, ça n'existait pas.

Il renifle son cœur, qui reste fade comme une brise qui aurait trop joué sur des lilas rouillés au printemps dernier, et en serait resté écœurée jusqu'à cette belle journée de fin d'été, où lui remonte aux lèvres le goût fermenté des marcs de cidre et de vin.

Les rames de noisetier dénoncent une fuite de gros gibier, à droite, entre l'homme et le soleil couchant que les têtes moutonnantes des arbrisseaux chatouillent un instant encore, comme des agneaux lutteurs ou des veaux qui tètent, et qui y vont de plus en plus faiblement. Alors, fatigués ou gavés, ayant sucé les dernières gouttes des rayons sucrés du jeu ou de la tétée, ils lèvent le front pour épier.

Est-ce que les noisetiers ont vu le trimardeur aux aguets, le piège tendu à Thiaulin et le bâton levé ? Qui s'abaisse soudain en prenant un air plus gentil, de canne de promenade qui n'aurait jamais eu de mauvaises idées derrière la tête.

Thiaulin vient peut-être de conserver la vie grâce à son couteau et à sa trique de saule dont, par jeu, il chantournait le tuyau déjà dépouillé de son écorce. Le bâton, ayant changé d'avis, s'arrange pour ne pas montrer ses mauvaises intentions de l'instant d'avant, et il signale nettement qu'il préfère discuter plutôt que de se battre. Il fouette donc les jeunes rejets de noisetier pour montrer quand même qu'il est là, avec son maître.

On le connaît ! Mais si, rappelle-toi, l'Italien. Celui qui était parti avec la Lirette. Tilio. C'est lui qui barre hardiment le chemin.

Il n'a guère changé si ce n'est le bras droit, qui pend, plus inerte que le bâton qui s'est enfin calmé dans l'autre main.

« Oh patron, c'en est une surprise ! »

Tilio ricane comme à l'accoutumée, la lèvre, à gauche, relevée plutôt méchamment jusqu'au nez coinçant la moustache.

« Oh Tilio ! c'est donc toi ? » Et Thiaulin reprend à bout de bras sa veste qu'il s'était pendue à l'épaule.

« Oh compagnon, belle manière de me saluer ! Je croyais bien que tu voulais me caresser de ton bâton.

– Non pas ! Mais on se méfie un peu dans ces endroits déserts.

– Sûr. Ça vaut mieux. Alors te voilà de retour ?

– Tu ne vas pas me dire que tu t'en réjouis vraiment, Thiaulin, mais tu ne t'en plaindras pas non plus, si tu me laisses voir la Lirette…

– Te laisser ! On ne laisse que ce qu'on a, et pour ce bétail-là, je n'en suis pas le maître. Tu la demanderas à l'Aspic, ta Lirette, et elle te suivra peut-être si l'héritage du vieux ne la retient pas.

– L'Aspic ?

– Oui, le braconnier du bois de Boudan. Ce bois là-derrière. C'est là qu'elle s'est gagée comme servante. On le dit riche, le vieux, et ce n'est pas sûr qu'elle veuille te suivre…

– Elle me suivra, c'est sûr comme deux et deux…

– Tu sais, elle est plutôt du genre intéressé, ta Lirette, et si elle a senti l'odeur de l'or…

– Des contes à Margot la Bossue que tu me chantes là, patron. Un braconnier qui roulerait sur l'or ! Tu m'en diras tant !

– Des contes ! »

Thiaulin fait passer son bâton sous le bras et tire sa montre de gousset qui, tous les soirs quand il s'en va au lit, lui montre sur le ventre une marque rose, d'être trop serrée dans son gilet noir devenu trop étroit pour sa bedaine.

« C'est l'heure où on peut le voir. Suis-moi et ne fais pas de bruit…

– Qu'est-ce que tu veux me montrer ?

– L'or du vieux, tiens… C'est pas de ça qu'on parlait ? Il a vendu du gibier ce matin et ce soir il va sûrement recompter son boisseau de pièces.

Tu vois, un jour, de là où on est, j'ai vu Padou qui regardait à travers la fente du volet. Et puis il est parti comme un fou et j'ai regardé aussi. Ne rigole pas, tu verras… Alors tu comprends, la Lirette…

– Tu blagues patron !

– Je blague ! Tu n'as pas encore compris que les sous, pour elle, c'est la première et dernière chose…

– Après l'amour.

– L'amour ! Je lui en ai fait manger de l'amour ! Avec l'argent d'abord, ça allait. Puis l'amour tout seul : elle ne s'y est guère fait les dents longtemps…

– C'est possible, mais ça ne m'intéresse pas vos histoires : c'était avant qu'elle soit avec moi, ce que vous dites sur elle. »

Il en crache par terre.

« Alors ? Le vieux est riche ? ! »

Le bâton de l'un est retombé songeur et le couteau de l'autre s'est coudé sur son sifflet d'écorce de saule, ce qui le laisse à demi ouvert.

Le soleil s'est allongé bien à plat derrière la colline des Sarrasins. Il coule son or vert sur les moulures des cimes d'arbres, en contrebas, vers le ruisseau des bois. Il débarbouille la lune déjà sur son lever bien qu'il fasse encore jour.

Les éclaboussures du soleil mourant l'ont figée dans un grand jet d'éclaboussures métalliques.

« Viens », dit simplement Thiaulin, et il vire pour retourner prendre le sentier qui mène chez l'Aspic.

L'autre le suit, méfiant, surtout à cause de l'excès de confiance que lui témoigne Thiaulin en marchant devant. En lui tournant le dos. Sans crainte, dirait-on.

Les orties écrasées fument de pollen, et les crapauds éternuent en chœur et bien régulièrement près du muret du potager en friche où les deux hommes sont appuyés.

Ils n'ont pas longtemps à attendre ; le volet se rabat sur l'unique fenêtre. Alors Thiaulin baisse la main pour demander silence d'un geste brusquement cassé.

À tour de rôle, ils sautent le muret et regardent par la fente. Il faut fermer un œil et cligner de l'autre entre les fibres de bois tirées par les intempéries. Devant la porte du four, l'Aspic est assis. Il y a une bougie dans le four, collée au goulot d'une bouteille. Il remue la main au milieu des pièces d'or qui garnissent tout le fond d'un boisseau à mesurer le blé, en éclisses de châtaignier refendu.

Le vieux grigou tourne en remontant un peu sur le bord. Rêveur, il fume sa pipe en merisier faite par lui aussi, dans du bois brut. Sa jambe raide est étalée devant lui.

Le premier, Thiaulin s'est retiré en bloc, veillant à ne pas mouvoir l'air auprès de lui. L'autre s'est arraché de la même manière et ils ont attendu d'avoir dépassé les noisetiers pour parler.

Tilio, qui est resté un peu plus longtemps, a même entendu la voix de la Lirette, obligée par le vieux à rester dans la resserre. Elle se plaignait du renard qui la mordillait en lui faisant de vilains yeux rouges et elle demandait si elle pouvait bientôt revenir dans la salle, et aussi elle s'inquiétait de ce qu'il pouvait bien avoir à faire si souvent, le soir, qui demandait d'être tout seul…

« Tu vois bien qu'elle ne sait rien… Et qui d'autre encore le sait, à part toi et Padou ? demande Tilio.

– Tout le monde le sait.

– Et il n'a jamais été volé ?

– Tout le monde sait sa cachette sous la plaque du four. Mais on n'est pas assez fou pour tenter le mauvais sort. Il se dit partout qu'il la fait garder par son gars qui a été écrasé au moulin de la Justice.

– Comment ça ? Des histoires de revenants… sornettes !

– Mieux gardé qu'avec un fusil ou des pièges, le magot. Il le fait garder avec des sorts, puisqu'il y en a qui l'ont vu, le gars.

– Défunt son gars ! Tu ne vas pas me dire qu'on a pu voir un mort !

– Si, justement, le gars, paraissant aussi vivant que toi et moi. Et pour ce qui est du magot, tant qu'il sera là et que la Lirette aura l'espoir de s'en emparer, elle y restera aussi, comme retenue par un sort, mon gars, par le même sort, et… Bon Dieu, dit-il en se signant, crois-moi, s'il fallait épouser le revenant pour avoir ça, elle le ferait. Parce qu'elle fait semblant de rien. Mais tu peux être sûr qu'elle sait tout, et qu'elle a sûrement déjà combiné tout ce qui est faisable pour s'en emparer. »

En versant ces mots de tentations, il sait ce qu'il fait, Thiaulin, mais il gaspille bien son temps cependant car, comme on dit, le Diable n'a pas besoin d'être tenté. Et les mots pour effrayer sont en plus, pour que ça soit plus mauvais à faire encore qu'il ne le croyait, l'Italien. Pour le tenter de plus belle, quoi. Comme le filet de vinaigre dans la bonne cuisine.

Ils sont rentrés au village à la nuit noire, tous les deux, sans que personne ne les ait vus, ni à ce moment ni plus tard.

Ils ont mangé l'omelette aux fines herbes, en buvant du vin gris.

Puis Tilio a fait semblant d'aller se coucher dans l'atelier. Mais il s'est levé et a décroché sans bruit le fusil de Thiaulin qui, lui, déclare qu'il a plutôt envie de rester à adorer le feu de cheminée, où ils ont mis une souche de saule toute vermoulue, qui ne brûle pas plus vite que du sable.

Thiaulin a entendu l'autre rafler à deux mains dans le noir les cartouches, dans le vieux placard de l'atelier, avant de filer par derrière, vers la petite prairie aux volailles qui donne sur la rivière.

C'est l'heure où la lune faiblit et où courent les ombres nées des choses, qui ont de vraies choses derrière elles pourtant, non ? Alors les ombres, pourquoi ont-elles l'air d'être fausses, elles ?

Et justement une de ces ombres, en sautillant, a l'air de lui montrer le chemin pour passer la rivière sur l'arbre tombé en travers – tu sais celui qui avait déjà servi à Simon pour s'avancer assez près et saouler les volailles.

Tu te dis, comme moi, qu'il y a une éternité de ça et que la langue de sable, au-dessus, a bien dû être renouvelée un millier de fois, et que la rivière en a usé de la roche, pour ce faire !

Tu vois juste. Mais la langue de sable a bien l'air d'être la même, pourtant.

Alors, c'est quoi l'ombre ? C'est quoi la chose ?

Thiaulin, qui faisait semblant de dormir, s'est levé. Il a fumé deux pipes coup sur coup, sans enlever le culot de la première, ce qui le saoule un peu.

Dans la cheminée, la souche se consume toujours, sans beaucoup de chaleur. Mais elle se découvre sous une enveloppe grise et elle montre des grottes tout en or, avec des pierres précieuses, en chapelet, sur les bords.

XXXVII

Un goût de mort

LÀ-HAUT vers la cabane de l'Aspic, les bois revivent et se gavent de mystère. Les bêtes découvrent qu'elles ont faim.

Même les arbres et les bosquets savent qu'ils peuvent faire peur et abriter l'ennemi. Le plus petit buisson le sait aussi.

Et tout se sent imprégné de l'envie de faire bien, pour bien tuer et bien manger, aussi naturellement que dans les églises les premières communiantes se sentent envahies de pureté et les communiants de bonté.

La lune aussi, comme une omelette baveuse sur les fines herbes des genêts.

L'odeur de foin donne faim comme des lardons un peu salés sur la mie de pain légère, légère, celle que souffle le vent avec des odeurs de coings mûris sur la paille des greniers.

L'homme qui s'est décidé à mal faire, il est porté par tout cela, comme noyé et se débattant avec excitation à la surface de lui-même et des fourrés qu'il connaît mal.

Qu'il ne reconnaît pas.

L'homme ployé sur son ombre de mauvais homme. Son ombre en boule qu'il porte sur ses genoux. Couleuvrant, il fait planer le fusil à deux pas du sol, en rase-mottes devant lui.

Lui tout chaud de vie au-dessus du métal mauvais ; avec, juste à hauteur de sa tête, comme les vapeurs d'un marais malsain, la colère et la peur, en mélange moite avec la vision de toutes ces pièces d'or nageant dans leur boisseau de bois, secouées par la vieille main veinée et croche de l'Aspic.

Fuir la lune par les couverts et gagner la cabane du côté de la resserre du four ; voilà à quel instinct il a rabaissé son grand cerveau d'homme et son joli cœur d'oiseau chanteur à l'accent du soleil.

Dans le bois, les bêtes chassent aussi, à peine inquiètes les unes des autres, à peine inquiètes de lui.

Est-ce qu'il a bien besoin du fusil ? C'est plus sûr, mais à voir trembler la main de l'Aspic, le reste doit être bien délabré. Et il ne faudrait peut-être pas le pousser bien fort. Car il ne faudrait pas courir de risque…

Mais il ne faut courir aucun risque…

Il est encore loin de chez l'Aspic. À des milliers de pas, pourrait-il croire.

Peut-être trop loin. Peut-être s'est-il égaré. C'est toujours la même nuit. Et cette lune qu'il croyait morte le moment d'avant, qui réapparaît encore plus ronde, avec des cheveux d'un roux malsain. Avec une tête de Thiaulin moqueur.

La lune, comme un miroir de sang sauvage gouttant sur la chanson des vergnes bleus qui bordent le ruisseau qu'il passe sur les galets brassés par l'eau, avec un bruit qui le terrifie…

Pour les sauvagines aussi, c'est la chasse de lune ! Et tuer pour jouer ! En célébrant de la gueule qui glapit ce large gosier divin qui, de là-haut, remue les sèves et les sangs !

Réveillé, oreilles pointées, le renard de l'Aspic frémit sous l'élan qui lui bat au creux des oreilles et du nez.

Tuer !

Chercher, les babines retroussées dans les entrailles palpitantes, jusqu'à la source de vie de la victime, ce qui rappelle un peu ce grand cœur là-haut, au ciel, brillant tout rond dans les nuées fileuses, dégoulinant de goût de vie, de goût de sang : le goût de la lune ronde, qui appelle.

Pour ça d'abord, il faut s'évader de ce piège où l'homme le retient, l'homme dont la main donne à manger, mais ne peut offrir le plaisir de tuer, après la traque.

Ce que l'homme a construit de ses mains intelligentes, on ne peut pas le toucher.

On ne sait même pas comment s'y attaquer.

Mais à la terre du sol, on peut ; pour ça on sait mieux que les hommes.

On sait que la croûte battue de la surface de la resserre n'est pas bien épaisse, et qu'on a des griffes, et on sait comment il faut gratter, et cela se fait tout seul, par plaisir de satisfaire son envie d'être libre, et seulement pour ça. Pas pour faire de peine à qui que ce soit, car les bêtes n'ont pas été punies par le Ciel comme les humains.

La première couche de terre battue a été enfin grattée et enlevée. La facilité de la tâche à venir s'inscrit dans ses yeux verts : il faut juste décomposer en deux temps pour reprendre la terre, et l'évacuer. Puis il n'y aura plus qu'à passer sous les fondations. Ce travail quasihumain a enivré le renard qui, dehors, s'ébroue quelque peu sans insister et, glapissant de joie, file juste entre les jambes de Tilio, cloué sur place par la peur en voyant la terre se soulever à ses pieds.

Affolé l'homme s'est retourné pour faire retraite vers les bois. Devant lui il crispe la main sur le fusil dont le chien qu'il retient lui déchire le pouce.

Qu'est-ce qui l'a prévenu du danger dans son dos, Tilio ?

Un bruit, une odeur ?

Une ombre de bruit et d'odeur ?

Il s'est retourné dans un réflexe de peur et a lâché le coup à la volée, vers la porte soudain lumineuse et barrée par des gestes menaçants. Il a tiré vite alors que son fusil se levait encore et un cri est rentré dans la cabane.

Tilio ose maintenant regarder avec ses vrais yeux. Pas ceux de la peur. Il voit dans la flaque blanche de la porte ouverte, dans cette lumière à peine plus chaude que la lumière de lune, le dessin découpé de la Lirette qui se penche, prend sous ses bras l'homme tombé et regagne en hâte l'intérieur de la maison, d'où elle referme la porte et le contrevent du fenestron.

Ensuite c'est le bruit de mésalliance du bois glissé dans les tenons de fer quand elle barre la porte derrière elle.

Tilio fonce comme un sanglier. Les noisetiers le fouettent dans ce fond de ruisseau où il a dévalé. Un chêne tout tordu par l'âge, et qui laisse traîner des branches très basses, vient de l'assommer plus qu'à moitié, à la remontée sur l'autre versant.

Il est bien obligé de souffler, assis le dos au tronc, en regardant cette échelle de branches noires qui escalade le ciel en effilochant les nuages jusqu'au lit de la lune.

Il se dit que la Lirette va le dénoncer aux gendarmes.

Il aurait dû revenir et lâcher le second coup.

Il devrait y retourner, au lieu de rester là, avec ses muscles de jambes devenus de la laine fraîchement cardée.

Au lieu d'être là, à cligner des yeux, assis au pied de ce chêne bossu. Sans envie aucune. Sauf de dormir.

De son côté, le renard a pisté un lapin qui sent aussi chaud qu'une renarde de rêve et il fonce dans la bruyère musicienne qui lui grelotte en violet aux oreilles, au milieu des odeurs de champignons mort-nés.

Et vlan !

Le voilà pendu à un collet que redresse une belle branche de jeune frêne…

Le cou brisé, les yeux verts écarquillés, rivés en plein sur la lune que chatouillent les dentelures aériennes des trembles blancs, si bien nommés…

Dans une flaque d'herbe fine où la lune met des vagues lentes, des lapins culbutent en un ballet comique que ponctuent les virgules blanches de leurs queues ridicules.

Une renarde appelle et vient pleurer sa rage en se frottant l'arrière-train sur la ligne d'ombre que le mâle pendu dessine dans l'herbe courte.

Elle revient une seconde fois faire son manège et alors, crochetant sa course, elle donne du front dans un lapin qui attendait, curieux, tout à côté, dressé sur les pattes arrière.

Elle a mordu dans le ventre chaud.

Et en léchant le sang, le museau enfoui dans cette chaleur palpitante, elle est comblée.

Comme d'avoir fait l'amour.

Oui, c'est idiot de fuir ! Il vaut mieux revenir en profitant de la lumière de lune.

Il se croyait loin. Il était tout près.

Tilio a regardé par les fentes de la fenêtre. Enfin, il a pu apercevoir l'Aspic, les yeux fermés, bien tranquille dans ses couvertures.

Et ce qui bouge, là, c'est la Lirette qui fait son baluchon.

Il retourne guetter derrière le laurier-sauce du potager. Ça n'a pas été long. Heureusement, car il commence à avoir froid aux pieds, ce qui veut dire que le petit jour ne va pas tarder à blanchir les collines, derrière les bois.

La Lirette vient d'entrouvrir la porte, que Tilio cale aussitôt avec la crosse du fusil. Il repousse le tout à l'intérieur avec son dos tandis qu'il referme la porte. Il l'a assise de force sur un tabouret où elle reste ébahie, en poupée de cire.

« Attends-moi un moment. »

Elle bouge les lèvres en disant des mots qui ne sortent pas.

Il prend juste le temps de lui caresser le cou, puis il appuie son fusil contre la table et il ouvre le four.

« Bon Dieu, c'est lourd. »

Il parle du boisseau d'or, pas de la plaque de fonte qui a été vernie et revernie par l'ancienne suie des temps jolis où on cuisait le pain là-dedans, et qui ne tache même plus les doigts en pivotant autour des gonds graissés au lard.

« Viens ! Viens voir ! On a décroché le gros lot, mais faut pas moisir ici. Nous voilà riches. Allons. Viens… »

Pour elle c'est comme l'écho de ce que disait Thiaulin en l'amenant ici.

« Viens, suis-moi ! »

Et elle le suit, effarée, comme dans un rêve qui n'en finit pas de mal finir. On lui demanderait, là, sous le nez, d'un jappement sec, qui c'est celui-là qui te dit de le suivre, saurait-elle dire Simon, Thiaulin ou Tilio, qu'elle croyait en prison ou mort, de plus ?

Le soleil s'est levé, avec des signaux de fraîcheur plus intense, surtout entre les orteils et derrière le cou des porteurs de trésor. C'est quand les rayons dorés se sont mis à boire la rosée, qui est tout ce qu'il reste des fantômes de la nuit. Le soleil, c'est aussi pouvoir poser plus facilement les pieds dans le sentier. Maintenant ils montent vers la Métairie Neuve par le raidillon dans les roches d'où sortent les premiers lézards entre les mousses déjà chaudes qui tendent un dos graineux.

Mais le soleil, c'est aussi les vraies peurs, bien réelles :

« C'est pas possible », s'étouffe le Tilio, tout essoufflé par son or, qui pèse son poids, comme il dit.

« Quoi ? » demande la Lirette, sans bien songer à questionner vraiment, car ce qui l'occupe, elle, c'est d'essayer de continuer le rêve ; non pour le rêve lui-même, mais plutôt par désir de prolonger le sommeil, par crainte du réveil.

« Les gendarmes !

– Où ça ?

– Là… Tais-toi… Couche-toi derrière les ajoncs, là. Bouge pas ! Ils arrivent au carrefour du Chêne pendu. Ils ne peuvent pas nous voir… Qui donc a pu nous vendre ? C'est pas possible qu'on nous ait vus, à moins que Thiaulin, s'il m'a suivi… Non, c'est pas possible… Tasse-toi… Bouge pas… Mais quoi que c'est donc ? Un pendu ! Ils l'ont décroché. Ils l'emmènent vers le bourg. Ah bon, c'était donc ça… Bon, je respire… Écoute : nous on va se détourner tout de suite vers La Châtre… Non, écoute… »

Il réfléchit : les gendarmes ne sont pas là pour lui, mais pour le pendu, c'est évident. C'est la loi. On les appelle pour dépendre les pendus ; surtout par ici.

Il se rappelle, quand il travaillait chez Thiaulin :

« Pas bien loin de là, vers Fougerolles, on dit qu' "un" en aurait aidé un autre à se passer le collier de chanvre… Alors, depuis, tout se fait en règle. »

Il redit pour elle, à mi-voix :

« Donc c'est pas pour nous. »

Elle se rassied et lui se sent une tête belle, solide et chaude comme le soleil.

Il pense pour eux deux. Rageusement, il mord dans une brindille de genêt à goût acide. C'est comme un médicament pour forcer les idées à sortir.

Machinalement, à son habitude avec les femmes, il caresse le cou de la Lirette, sur le côté, sous les mèches évadées du chignonnet qu'elle se fait de nouveau.

« Voilà ! »

Et il se relève.

« Tu vas retourner chez l'Aspic. Tu diras que c'est Thiaulin qui a fait le coup. Et tu n'en démords pas ! (Il la secoue, la secoue encore.) Tu n'en démords pas ! Pas un mot sur moi, tu entends ? M'entends-tu ? On te croirait idiote ! Bon je te répète : tu ne parles pas ! Ni de moi, ni de l'or. Tu entends ? D'ailleurs personne ne m'a vu par ici ! Tu remportes le boisseau de feuillard. Tu vois, il y a quelques pièces au fond, tu les remets en place. Le reste est là. »

Il a vidé un petit sac où traînait un croûton de pain et il a versé dedans les louis d'or.

Il a fini d'éclater une écaille de roche et a gratté la terre au-dessous du schiste rougeâtre. Plus rouge que celui d'alentour.

« Facile à retrouver ?

– Facile à retrouver, hein ? Mais on n'y touche pas pour l'instant. Tu vas me le jurer là… Et quand tout sera calmé, on se retrouve chez l'Aspic, dans une petite année… Et alors à nous le magot et la belle vie. »

Alors, comme elle sort enfin de son rêve, elle s'entend lui dire :

« Veille à ne pas te faire voir. Je te jure de ne pas y toucher. »

Il a bien pensé à la trousser là, dans la sente de chèvre. Mais quel plaisir maigrichon avec une femme toute endormie ? Et l'or, c'est tellement plus excitant pour l'instant qu'il ne sent aucun désir le chatouiller vraiment.

L'état de somnambule de la Lirette ne s'est totalement évanoui que lorsque le dernier gendarme a refermé la porte. Ils ont été alertés par des faiseuses de fagots que la Lirette a rencontrées en s'en revenant chez l'Aspic. Ils ont découvert le boisseau et le peu d'or qui restait au fond.

Tout le monde s'est dit qu'on avait vite fait d'inventer un trésor au plus pauvre bougre du village, et que c'était déjà bien pour lui d'avoir mis ça de côté, ce qui lui paiera un enterrement convenable… En pleine terre, mais convenable. Avec un cercueil de chêne… Comme celui du Thiaulin, ce jaloux qui l'a tué. À cause de la Lirette, sans doute. Ah celle-là ! On peut dire qu'elle porte le mauvais sort sur elle !

Pour tous, ça ne fait aucun doute : c'est Thiaulin qui a fait le coup. La jalousie explique tout : le crime et le remords ensuite ; la honte d'être pris par les gendarmes, enfin ; et le voilà branché comme ç'aurait dû arriver depuis longtemps à ce gars-là. D'ailleurs on a retrouvé son fusil, tout près de l'endroit où il s'est pendu.

C'est bien le fusil qui a tué l'Aspic, ont déclaré les gendarmes.

XXXVIII

On veille, au Magny

PLUS DE DIX COMMÈRES du village se sont proposées pour faire coucher la Lirette. Finalement elles se sont réunies chez la vieille pie la plus voisine de chez Thiaulin.

Petit à petit elles ont fait dire tout ce qu'elles voulaient à la Lirette, aveuglée de petites gouttes et de verres de café qu'on lui réchauffe encore et encore, après lui avoir fait mettre le ventre, puis le dos, devant le feu de cheminée.

Il n'y a rien à craindre pour Tilio : elles font dire à la pauvre fille les choses comme elles imaginent qu'elles sont, avec toutes les inventions de vieilles pies raffolant de chicots brillants. Et la Lirette dort depuis longtemps, toute habillée sur l'édredon où elles s'en sont débarrassé comme d'une poupée dont des enfants ont trop joué, quand la Phénie Auclair déclare, surprenant son auditoire un peu assoupi :

« Moi j'ai vu se pendre le Thiaulin, dans mon rêve, la même nuit où c'est arrivé.

– C'est peut-être parce qu'il avait été ton premier ? demande l'Hortense, qui est réputée pour tenir le compte des vertus du Magny.

– En tout cas, je l'ai bien vu, dans mon rêve, jeter des louis d'or aux poissons de l'étang du Bois, à pleines poignées ; et des carpes de vingt livres avec le museau retroussé, comme il l'est à celle-là – elle montre le lit –, et avec les mêmes yeux de taure amoureuse. Si vous les aviez vues sauter et gober l'or comme s'il s'était agi de mouches à miel ! Et alors, alors le canard est arrivé.

– Quel canard ?

– Laissez-la dire.

– Le canard qui traînait à la patte une corde à anguilles, avec plus d'un cent d'hameçons faits avec des aiguilles au chas cassé, attachées par le milieu. Vous savez comment… bon. Et le voilà à tourner autour de Thiaulin pour lui voler de l'or dans ses poches, et toujours, et sans arrêt, malgré le jabot gonflé ; et la corde autour du cou de Thiaulin…

– Et la corde ?

– Qui s'enroulait en serrant de plus en plus.

– Il n'essayait pas de se dépendre ?

– Penses-tu ! Il n'y prêtait même pas attention ! trop heureux qu'il était de voir crever les carpes les unes après les autres, le ventre devenu gonflé et tout doré avec des reflets en pincées, des bourgeons de noce en médailles en nacre. Il en riait, lui, avec des bulles au nez, des pâquerettes aux oreilles : la joie qui débordait ! Sans voir la corde à anguilles, bien sûr. Mais il devait pas tarder à savoir.

– Quoi ? Dis-nous vite !

– Pardi, que le canard allait s'envoler et le traîner pendu jusqu'au chêne où on l'a retrouvé.

– C'est tout ?

– Je me suis réveillée comme il tournait ses yeux blancs pour regarder partir sa mauvaise âme de maudit – en lui tirant la langue, comme font tous les pendus. Et alors, après, c'était bien redevenu son regard tout frais comme un poussinet, comme le jour du mardi d'après Pâques où l'on s'était tellement plu qu'on s'était voulu connaître dans les derniers des coins secrets.

– Tu nous endormirais, sacrée garce, avec tes inventions d'histoires du Diable…

– Des inventions, des inventions… c'est pas tellement sûr, déclare la Mathurine. Des gars en plein bonheur, riches, considérés comme celui-là, et qui se pendent ! C'est pas naturel, non, c'est pas naturel !

– C'est pour la Lirette qu'il a fait ça ; la jalousie lui dévorait la rate.

– De quoi que tu causes, l'Hortense, tu déraisonnes ! C'est lui qui l'a menée chez l'Aspic, à ce qu'on dit !

– À ce qu'on dit… Mais c'est-il sûr, ça ?

– C'était pour voler, et il s'est vu pris.

– Pris ? Par qui ? Ça n'a pas de sens. D'ailleurs il est plus riche, avec le vin et les futailles qu'il a vendus dans sa vie, que nous toutes réunies.

– D'ailleurs on a retrouvé le trésor, et il paraît qu'il n'y avait pas tant qu'on dit.

– Dame ! L'Aspic ne gagnait guère, et avec sa maladie ! et les guérisseurs et les médecines ! Il était allé en voir trois en tout. Il faut les payer. Ils ne demandent rien, c'est bien sûr. Mais on sait que pour avoir un résultat, il vaut mieux les payer.

– Chut ! Elle se réveille, la Lirette.

– Non elle se retourne ; elle ne se réveillera pas à présent avant demain. Si on allait veiller chez le Thiaulin ?

– Encore un qui va s'en aller en terre sans les prières du curé.

– Du moins on aura veillé chez lui. Si des voleurs venaient ? Une maison restée grande ouverte ! Et puis, il ne manquait jamais de bon café du Brésil chez lui.

– Il se servait comme moi au Caïfa. Dommage qu'il ne passe plus avec sa carriole à chiens, celui-là. Il s'est enrichi aussi. Il faut maintenant aller à La Châtre pour acheter du café, et moi mes jambes ne veulent plus m'y porter. Ah, les temps ont bien changé !

– Tes jambes aussi. Tu en faisais des trottes…

– Et on n'a sûrement pas tout vu.

– Et on ne verra pas tout !

– Le café, on le fera dans un pichet à couvercle, à la flamme de la cheminée. On fera une flambée avec des copeaux-frillons de son atelier, puisque la nuit tombe. C'est meilleur et aussi plus gai que dans le fourneau potager, qui laisse une odeur de tôle à ce qu'il cuit.

– C'est sûrement comme ça qu'il est le meilleur, avec juste une pincée légère de chicorée et un peu d'eau froide pour couper net les bulles remontantes.

– Il faut bien deux pincées de chicorée. »

La Mathurine hausse les épaules : depuis l'école communale cette autre chipie a toujours voulu avoir le dernier mot.

« Si tu veux dire pour un grand pichet, bien sûr.

– Un homme seul, c'est un petit pichet qu'il a…

– Va chercher le tien, par précaution.

– C'est bien parce que vous le demandez. Parce que pour moi, je pense qu'il doit bien y en avoir encore au fond des placards, des grands : il y a eu du monde dans cette maison-là, plein de gens ! Et on ne s'y privait guère. Ça devait lui faire bizarre et pas drôle d'être tout seul !

– De là à se pendre !

– Plein d'argent comme il était, et tout qui lui venait si facilement !

– C'est impensable d'aller se brancher au Chêne pendu quand on est au faîte du bonheur et qu'on a eu tout ce qu'on voulait toujours, et qu'on a gagné toutes ses batailles de chienne de vie ! »

… La clef est là, dans le trou du mur.

« C'est impensable d'aller se tuer alors qu'on a tout, et tout, et tout !

– “C'est peut-être pour ça, justement…”

– Qui a dit ça ?

– Pas moi.

– Ni moi.

– Personne n'a rien dit, tu as dû t'imaginer.

– Il y a un volet qui bat dehors. Qui est-ce qui va y aller ?

– Tu n'as qu'à y aller, toi.

– Aussi bien attendre, le vent ne va pas durer…

– Il y a toujours du vent quand il y a eu un pendu : ça lave les feuilles, c'est les ailes des anges…

– Ça y est, tu vois, il ne bat plus. C'est pourtant vrai, c'était un volet des chambres en haut. Alors ce café ?

– Il commence à sentir.

– Rajoute des frillons, il y en a un tas là… Il avait donc fait un fût, il n'y a pas longtemps. Tiens oui, il est là…

– Où ?

– Dans ce coin. Il aurait mieux fait de se préparer un cercueil.

– Monte donc la mèche de la lampe, on n'y voit rien…

– Alors ce café ?

– On le prendra dans les verres : je ne trouve pas les tasses.

– C'est pas Thiaulin qui va nous le dire où elles sont… »

Non. Et ça les ferait presque rire, les vieilles pies.

Oui.

Il est bien tranquille, Thiaulin, comme jamais on ne l'a vu, dans le grand lit de la salle, chez ses enfants à la Métairie Neuve. Ils lui ont gonflé la moustache avec un petit peigne fait exprès qui a été hérité du Vieux Perdrix. Son long nez paraît encore plus long car la pointe retombe un peu en crochet au-dessus.

Ils n'auraient pas dû lui lisser les cheveux tant en arrière, avec une bonne couche de gomina.

On voit trop bien ses deux côtés du front si différents, comme chez tous les Thiaulin – comme chez son petit gars, qui mange sa soupe en le regardant du coin de l'œil. Tiens, vois donc si ce n'est pas pareil ? De famille, pour sûr !

À droite un peu creux, dur et volontaire, à gauche, bombé comme un front de femme.

XXXIX

Louis d'or ?

DEUX ANS C'EST VITE PASSÉ ; mais un paysage de friche, c'est vite transformé aussi !

La Lirette est assise sur la dernière des pierres plates qui viennent de leur servir de marches pour grimper jusqu'ici, à elle et à celui qui l'accompagne.

Celui-là, ce n'est pas Tilio. Mais elle s'en moque bien, la Lirette !

Elle a gardé l'air ébahi qu'elle avait déjà quand les femmes s'occupaient d'elle, une quinzaine avant la Toussaint. Où il y avait eu deux morts. Il y a deux bonnes années de cela.

Elle s'habille comme les vieilles, avec seulement son foulard de couleur, qui lui cache parfois le chignon, parfois le cou, quand elle va les cheveux défaits et follets comme aujourd'hui et comme ça lui arrive de plus en plus fréquemment. Elle a, en plus, une espèce de voile sur les yeux. Pas un voile de tissu, non : ce voile des gens qui se regardent l'intérieur de l'âme ; ce qui les rend presque aveugles.

Que Simon soit revenu alors qu'elle attendait Tilio, tu crois que ça la dérange ? Elle avale tout comme du beurre frais dans la gueule du chat voleur.

À l'auberge, où elle aide depuis deux ans, pour remercier de la nourriture et du coin de grange, il y a des hommes qui lui disent souvent quelque chose comme ça :

« Viens donc à la grange, Bastien a dit de m'aider à chercher ma montre, qui s'est égarée dans le foin. »

Alors tu penses, pendant que cette pauvre bête – qui n'a plus que des courants d'air et des toiles d'araignée dans la tête –, pendant qu'elle est le nez dans le foin, ils te la troussent, selon les saisons et l'humeur, deux à six fois par jour. Elle geint en roulant des yeux ronds avec une voix de vieille brebis qu'on est en train de tondre – peut-être pour la dernière fois ?

Simon regarde encore une fois le papier à tracer, comme en ont maintenant les charpentiers au lieu de faire des marques à la chaux sur le sol. Il gratte avec les doigts furieusement et gronde dans sa barbe : « C'est pourtant là, que tu dis qu'il l'a mis. C'est bien comme ça qu'il m'avait dit et que c'est marqué sur le papier ! C'est bien là… Merde et merde ! »

Il grogne, mais il est content : il vient de s'enfoncer une écharde, prise à une racine de bruyère à demi pourrie qui s'est coincée dans une toile de sac qu'il ne faudrait pas déchirer. Surtout pas !

Il tire le tout sur le sentier près de la Lirette, qui ne bouge toujours pas. Il lui a trouvé une place, en terre moussue, plus plate, pour l'asseoir, et qui a déjà servi à Tilio juste avant d'enterrer le magot.

Sans se retourner sur la Lirette, il emporte le sac en sautant de pierre en pierre, d'un niveau à l'autre. Il a quand même repoussé la terre dans le trou, du pied, très vite, hésitant à perdre son temps avec ce trésor sur les bras.

Maintenant il ne s'occupe plus de la fille. Il galope à flanc de coteau et dégringole, avec précaution pour le sac moisi. Il court à la cabane de Padou. Il sait qu'il n'y a personne : il l'a laissé bien saoul et bien enfermé dans la grange de l'auberge.

Pour ce qui est de la Lirette, elle peut bien aller où elle veut…

Vite, il allume une flambée préparée au long de la roche où s'adosse la cabane. Il ouvre le sac avec le couteau. Il ne craint pas de casser la lame, car le tissu s'effiloche encore plus sous les coups de dents démoniaques que lui lance la chaleur du feu de cheminée, dont Simon est bien trop près.

Pourtant, à ce moment-là, le sang lui quitte la tête et y reflue brutalement. Il croit qu'il va mourir. Il s'appuie fortement les coudes sur la table. Regarde, toi aussi. Tu peux chercher avec tes doigts affolés d'avaricieux : il n'y a, au fond, que des galets de rivière et une petite bourse en cuir dont il tire vite, et encore plus vite, le galon qui s'arrache hors des œillets.

Un papier trop épais fait ressort au-dedans.

Il faut rajouter un peu de paille au feu pour mieux lire, tellement il vient peu de jour par la lucarne encadrée de pierres biscornues.

« Merci bien l'Italien. Moi aussi j'aime bien les sous. Juste comme il faut. Pas jusqu'à tuer, pourtant. Alors au cas où tu devinerais qui je suis, j'ai déposé les pièces chez un notaire où ça rapporte intérêt et j'y ai mis aussi une lettre à ouvrir en cas de décès. J'y explique bien tout, comment ça s'est passé et qui c'est qui l'a fait. Je te dis ça pour éviter que tes mauvaises idées te reprennent, et merci encore. »

Louis d'or ?

C'est d'une belle écriture. D'un écrivain public, peut-être ? Ces gens écrivent n'importe quoi sans même faire attention.

Simon renverse dans le feu les cailloux qui empèsent le fond du sac. Il y jette aussi le papier auréolé de ses taches moisies, en gris sur fond jaune, comme de la peau de mort. Comme doit l'être la peau de Tilio, guillotiné à Tours, l'an passé.

Et alors, comme il va aussi se débarrasser du sac, il sent une dureté dans les fibres : juste un louis, oublié et tout terni, mais qui paiera bien quand même l'auberge et la diligence jusqu'à cet endroit tranquille qu'il s'est trouvé du côté de Sancerre, où le travail ne manque pas pour la futaille.

XL

Louis d'or

PADOU NE QUITTE PLUS GUÈRE L'AUBERGE où il boit sec et où il prend un vrai repas, au moins une fois par mois, avec de la viande. Et quelquefois – jusqu'à sept durant le mois de décembre dernier –, il soupe d'omelette, de poisson ou de jambon cuit dans le saindoux.

Il paye bien.

Il régale tous les ivrognes du village.

On commence à le considérer, et les filles parfois le regardent avec tendresse. Les mères aussi. Elles en parlent entre elles.

« Ah ! s'il avait meilleure tournure et s'habillait un peu de neuf…

– Ah oui, s'il s'achetait au moins une maison, car il a sûrement de quoi ! disent les pères au bistrot, à deux tables de lui.

– On dit qu'il aurait de l'or, venant de son père le tailleur de pierres », qu'ils ajoutent, en lui lançant un œil, sous le bras qui tient le verre de vin.

Les très vieux qui pourraient en parler sont tous dans le cimetière, ou, s'ils sont encore de ce monde, ils ne vont pas les contredire, eux qui ont connu la fière misère du Tailleux, qui ne possédait rien d'autre que sa belle prestance et son courage. Les gens ne se faisaient pas tailler de belles pierres tombales, à cette époque. On lui commandait le plus souvent des auges pour les bêtes et des meules à affûter, qui laissent de drôles de petits creux souvent emplis d'eau de pluie sur le môle de grès dur de la carrière où il les taillait.

D'ailleurs, pourquoi dire quelque chose là-contre ?

Il faut laisser les gens croire ce qu'ils ont envie de croire.

On sait ces choses quand on est vieux, parce que ces vérités-là, que chacun se forge en tête ou construit avec le ciment apporté par les autres, on les mérite mieux que celles que vous apporte ce fichu monde mal bâti, où de toucher la moindre chose en entraîne d'autres dans un éboulement dont on ne sait jamais s'il faudra un grain de sable, une brindille ou un vrai mur pour l'arrêter.

Tiens, par exemple, les gens, s'ils voulaient, ils pourraient le croire que le Tailleux était sorcier, sous prétexte que toutes les cavettes de ses tailles dans la roche sont autant de pièges pour les serpents.

Mais l'autre à tête un peu fêlée, le nouveau tailleur de pierre, s'il aime le croire, qu'il a succédé à un sorcier, pourquoi pas ? C'est son affaire à lui, un point c'est tout.

Il en jouit de se faire peur, comme je te l'ai expliqué. Eh bien, il faut lui laisser croire ce qu'il veut. Et pourquoi pas à ce trésor que l'autre aurait transmis à ce pauvre estropié de Padou, son fils, aussi laid que lui était bel homme, et peut-être un peu sorcier lui aussi ?

À l'auberge, la Lirette travaille juste pour le vivre et le coucher. Et encore ! Quelle chambre !

Ce n'est même pas une soupente dans la vraie maison.

C'est un recoin du fenil qu'elle a renfermé avec de la vieille toile à recouvrir les édredons, et plus que rapiécée ! Souvent elle n'y dort pas seule, ce qui lui rapporte un peu d'argent, quand ce ne sont pas les ivrognes que Bastien vient déverser en bas dans la grange sur le tas de paille disposé exprès pour eux.

Elle regagne sou à sou l'or du Padou, qui l'entraîne souvent dans la grange.

Il ne paraît pas « noué au niveau des aiguillettes », comme ça se racontait dans le village.

Il lui dit :

« Viens causer avec moi, ma Lirette. »

Si elle économise, sa vieillesse ne sera pas si malheureuse, car elle a l'air en bonne santé sous ses airs hébétés, malgré ses mains rouges et ses yeux larmoyants. Elle pourra peut-être même s'acheter une petite maison, avec un banc devant, une treille sur la façade et un jardinet derrière, avec deux trois pommiers ou autres fruitiers ; comme celle de la Mathurine tiens, qui bêchait encore son bout de terrain malgré ses soixante-quinze ans passés ! Et qui vient de mourir.

Elle en a lavé du linge, celle-là aussi, au lavoir des Ossans !

De La Châtre et de Chassignolles qu'on venait lui en apporter !

Elle savait bien prendre soin des fleurs, et semait des roses trémières dans les joints des pierres, de chaque côté du seuil. C'était joli à regarder, les soirs d'été, quand tout le village flânait devant les portes et que la jeunesse jouait autour du puits, sur la placette, à picocheux-picochette entre grands gars et jeunes filles, devant la nouvelle école-mairie fièrement dressée dans son crépi blanc.

Entends le glas : il vient bien net jusqu'ici ; ça veut dire que le vent se met au froid et que la Lirette ne cherchera plus à se tenir appuyée au coin du mur de l'auberge, à regarder un instant la Métairie Neuve sur la colline là-haut, quand elle rapportera ses deux seaux d'eau tirés au puits de la placette.

Se pose-t-elle même des questions, à ce moment-là sur ce qui s'est passé avant qu'elle n'en arrive là où elle en est ?

Est-ce qu'elle croit que Simon et Tilio s'étaient encore battus à coups d'herminettes sur les bords de la Loire, où il y a plus d'un compagnon gavot ou dévorant qui s'en est allé nourrir le cresson et les saules ?

À moins qu'ils ne se soient mis d'accord, ces deux-là, et que Simon n'ait fait le voyage pour son frère de sang, ça au cas où un second duel les aurait laissés pareillement blessés, comme par les coups d'ongles narquois de leur Grand Soleil Universel ?

A-t-elle imaginé un seul instant le beau Tilio guillotiné ?

Va donc savoir.

Est-ce qu'elle y pense ?

Pense-t-elle, même ?

Et à quoi ?

Ça non plus, personne ne le saura jamais. Ça n'empêche pas les saisons de se faire avec la lenteur sûre, inexorable des pommes qui mûrissent et des femmes enceintes qui s'arrondissent.

Il va falloir soigner le vin et les fûts et s'occuper des bêtes à l'étable.

Il faudra aussi butter les vignes et rouler le fumier, et labourer, et semer le blé…

Il y a au Magny un jeune tonnelier à qui Jeannot Thiaulin a vendu l'atelier de son père, avec la maison des vieux et tout le fourbi, comme il dit.

Bien heureux pour tout le monde, surtout que ce nouveau fait de la charpente, en plus, et que justement il faudrait bien travailler un peu à celle du clocher : regarde le coq de tôle grise comme il pique du nez continuellement vers le « Terrier-Jaillard » où il ne pousse rien de chrétien, pas même de la vigne, et dont la butte de glaise a déjà commencé de jaunir sous les « rauches » à demi grillées par le gel. Les rauches ? Tu sais, ce sont de grandes herbes si raides, si sèches que déjà à leur naissance elles ont l'air mortes.

Pourtant, aujourd'hui, elles ont l'air plus mortes encore, ce qu'on n'aurait jamais cru possible.

Comme pour ces vieilles histoires, pardi.

Là-bas, c'est un drôle d'endroit aussi, où il a dû s'en passer des choses il y a des milliers d'années.

On dit qu'en grattant un peu la glaise et les racines des longues herbes raides, on y trouve plein de petites balles rondes en argile cuite, toutes piquetées de constellations d'étoiles faites avec des gouttes de sang – peut-être du sang humain des premiers hommes, disent les savants.

Il paraît que c'est de grande valeur pour ceux qui veulent du mal aux autres et qui savent le déclencher.

Mais à mon avis, on n'a pas besoin de tant de manières, bien souvent.

Quand la nature s'endort sur les histoires enfouies dessous, c'est toujours pour qu'un jour tout recommence.

À peine différemment, en ne changeant guère que les endroits.

Regarde : les maisons se renferment sur leurs feux…

Et les vitres sont comme les deuxièmes paupières des chats qui dorment.

Dans le soir de novembre, qui procure aux choses des ombres qui, si on les compte, sont plus nombreuses que les choses qui sont supposées leur donner naissance, il vaut mieux fermer les volets avant la nuit noire, rentrer le bois et tirer l'eau…

Pendant qu'on peut encore y voir pour de vrai.

Table des matières

Chez le même éditeur

ROMANS ET RÉCITS DU TERROIR

Les romans et récits du terroir font vivre la mémoire collective à travers l'histoire d'une famille ou d'un village de nos régions. Ils permettent au lecteur de retrouver les souvenirs de sa jeunesse ou de reconstituer une tranche de vie de ses aïeuls. Les destinées se croisent, les sentiments se mêlent et nous offrent une saga vivante, témoignage précieux en ce début de siècle.

Le Pays oublié, Jean Anglade
Le Milhar aux guignes, Alain Aucouturier
Le Dénicheur d'enfance, Alain Aucouturier
La Mère-Nuit, Alain Aucouturier
Aux innocents les mains pleines, Alain Aucouturier
Le Besacier, Alain Aucouturier
Le Bon Dieu dans les orties, Alain Aucouturier
Le Village perdu, Noël Aujoulat
Le Prix de la terre, Georges Barthomeuf et Roger Rouzaire
La Fille de la meunière, Adrien Bobèche
Le Destin de Lirette, Adrien Bobèche
Les Coulées douces, Christian Bormann
La Pierre au mercier, Maurice Bouchet
Le Chêne foudroyé, Maurice Bouchet
Le Printemps d'Antonia, Josette Boudou
Les Grillons du fournil, Josette Boudou
La Maison d'école, Josette Boudou
Le Mur de la destinée, Josette Boudou
Marie, fille des montagnes, Josette Boudou
Quatre sons de cloche, Geneviève Callerot
Les Cinq Filles du Grand-Barrail, Geneviève Callerot
Treize grains de maïs, Geneviève Callerot
Les Chemins d'orgueil, Marie Nicole Cappeau
Le Blé germe en hiver, Marie Nicole Cappeau

La Mule blanche, Marie Nicole Cappeau
Le Loup du marais, Anne-Marie Castelain
Les Promesses du haut pays, Maurice Chalayer
La Paix des collines, Maurice Chalayer
Ardéchois Cœur Fidèle, Jean Chatenet et Jean Cosmos
Les Classes creuses, François Cognéras
La Mémoire engloutie, François Cognéras
La Dictée, Jean Cosmos
L'Odeur des noisettes, Gilbert Dalet
La Brûlure des pierres, Gérard de Négri
L'Enfant oublié, Marie de Palet
Les Terres bleues, Marie de Palet
La Demoiselle, Marie de Palet
Retour à la terre, Marie de Palet
La Fleur de sang, Anthonie Delauze
Le Chant du Diable, Jean-Marc Dété
Le Grand Domaine, Claude Dravaine
Terre-Dieu, Bernard Farinelli
La Demoiselle du presbytère, Yvette Frontenac
La Croix du Mèze, Maurice Gautier et Fernand Raynaud
La Méprise, Yveline Gimbert
L'Ombre des chênes, Yveline Gimbert
Drôle de moisson, Roger Judenne
L'Arbre à pain, Christian Laborie
Le Chemin des larmes, Christian Laborie
L'Appel des drailles, Christian Laborie
Le P'tit Louis de la Loge, Suzanne Lavisse-Serre
Traîne-misère, Georges Laz
Les Vendanges de Lison, Philippe Lemaire
Années vertes, années noires, Jacques Mallouet
Japperenard, Jacques Mallouet
Le Soleil de Monédière, Antonin Malroux
L'Héritage trahi, Yves Michelin
Michel, Marius, Marie et les autres..., Raymond Morge
La Pierre levée, Paul Perrève
Tustou et Marie, Jacques Pince

Les Premiers Sillons, Jacques Pince
Les Blouses grises, Jacques Pince
L'Œil du vivier, Bernadette Puijalon
Le Moulin des retrouvailles, Bernadette Puijalon
Marie des solitudes, François-Paul Raynal
Le Sac à musique, Georges Rey
Les Gens de la Vallée, Georges Ribes
Des monts de Résistance, Florence Roche
La Terre des Coteaux, Pierre Sabourin
Le Bonheur selon Félisse, Jean-Marc Soyez
La Vigne à Saint-Romain, Jean-Marc Soyez
Les Galoches de Julia, Jean-Marc Soyez
Les Feuilles du pêcher, Paule Valette
Un jour d'orage, Jean-Pierre Védrines
Les Lentilles vertes, Henri-Antoine Verdier
*Mémoires d'un papi auvergnat**, Henri-Antoine Verdier
*Mémoires d'un papi auvergnat***, Henri-Antoine Verdier
La Fille du bénitier, Henri-Antoine Verdier
Les Roses de l'hiver, Claude Vincent
La Servante, Louis-Olivier Vitté
L'Enfant de la rivière, Louis-Olivier Vitté
La Vallée des illusions, Louis-Olivier Vitté

Achevé d'imprimer sur les presses
de l'imprimerie «La Source d'Or»
63200 Marsat
Imprimeur n° 13084